FOLHAS DE OUTONO

POESIA EM QUATRO ESTAÇÕES

ORGANIZAÇÃO: LURA EDITORIAL

lura

Copyright © 2024 por Lura Editorial.
Todos os direitos reservados.

Gerentes Editoriais
Roger Conovalov
Aline Assone Conovalov

Coordenador Editorial
André Barbosa

Preparação
Débora Barbosa

Diagramação
Manoela Dourado

Capa
Rafael Nobre

Revisão
Gabriela Peres
Mitiyo S. Murayama

Todos os direitos reservados. Impresso no Brasil.

Nenhuma parte deste livro pode ser utilizada, reproduzida ou armazenada em qualquer forma ou meio, seja mecânico ou eletrônico, fotocópia, gravação etc., sem a permissão por escrito da editora.

Dados Internacionais de Catalogação na Publicação (CIP)
(Câmara Brasileira do Livro, SP, Brasil)

Poesia em quatro estações: Folhas de Outono / organização Lura Editorial. – 1.ed. – São Caetano do Sul-SP : Lura Editorial, 2024.
   256 p.

   Vários autores
   ISBN 978-65-5478-184-8

   1. Antologia 2. Poesia I. Editorial, Lura.

CDD: B869.6

Índice para catálogo sistemático
I. Poesia : Coletânea

[2024]
Lura Editorial
Alameda Terracota, 215. Sala 905, Cerâmica
09531-190 – São Caetano do Sul – SP – Brasil
www.luraeditorial.com.br

APRESENTAÇÃO

Com o outono, chega a estação das folhas caídas, das brisas suaves e dos dias que começam a esfriar. A Lura Editorial te convida a ler o terceiro volume da coleção *Poesia em Quatro Estações* com o livro *Folhas de Outono*. Celebre conosco as cores quentes da estação, os ventos que anunciam mudança, a nostalgia das folhas secas sob os pés e a quietude que só o outono traz.

Este livro reúne a sensibilidade de poetas brasileiros que, por meio da poesia, compartilham mensagens de transformação, contemplação, despedidas e renovações.

Seja no crepitar das folhas secas ou no vento que nos faz lembrar de tempos passados, esperamos que cada poema possa te transportar a um cenário de reflexão e acolhimento. Deixe-se levar pelas paisagens poéticas que refletem a alma do outono e inspire-se com a serenidade e a profundidade dos versos aqui escritos.

Boa leitura!

Roger Conovalov
Editor da Lura Editorial

SUMÁRIO

CÉU DE OUTONO
Alessandra Collaço 25

OUTONO MÁGICO
Ana Ceola Ribeiro 26

MELODIA DE OUTONO
Ana Cordeiro 27

PRELÚDIO E FUGA
Carlos Affei 28

INVENCÍVEL AMOR
Cleia Rocha 29

SONHO COM A LUA NOS OLHANDO, OLHANDO-A
David Rodriguez 30

OUTONO, TEMPO DE VOLTAR
Eduardo Albuquerque 31

O OUTONO
Jorge Antonio Salem 32

DOURADO
Gil Lourenço 34

TONS
Moacir Angelino 35

MOVIMENTO, MUDANÇA E BELEZA   36
Rafaéla Milani Cella 36

UM CERTO OUTONO DE ÁGUAS BARRENTAS
Rosauria Castañeda 37

MOVIMENTO
Samantha Soares 38

TERCEIRA ESTAÇÃO
A Gaivota 40

DIAS OUTONAIS
Adriane Marcos Delfino 41

OUTONO
Alba Mirindiba 42

AMARELO LARANJA
Ale Pop 43

NOVA ESTAÇÃO
Alzerinda Braga 44

FOLHAS COLORIDAS DO OUTONO
Amália Costa 45

FOLHAS OUTONAIS
Amancio Holanda 46

OUTONO: TEMPO DE RENOVAÇÃO
Ana Dalva do Prado 50

SUSSURRO
Ana Laura Simon 51

A BRISA MORNA DO TEU CHEIRO
Ana Paula Fernandes 52

OUTONO
André Borba 53

O ÚLTIMO OUTONO
Andreia Santos 54

O SILÊNCIO DA BRUXA
Andrezza Regly Carvalheiro 55

ATRAVÉS DA JANELA
Angela Moreira 56

CHUVAS DE OUTONO
Ângelo Carvalho 58

OUTONO EM MIM
Anildes Ribeiro 60

ONDAS
Anildes Ribeiro 61

E EU QUE TE AMO TANTO
Antonia Claudino 62

AMOR DE ESTAÇÃO
Anyy Cabral 63

CRISÂNTEMO BRANCO
Arilson Pitta 64

ESTAÇÃO MORTA
Arthur Viana Lima 65

AMOR OUTONO AMOR
Beatriz Pacheco 66

O OUTONO QUE SE FOI COM VOCÊ
Bruna A. Silva Lima 68

ENSEADA DE OUTONO
Caroline Franciele 69

OUTONIZANDO
Celso José Cirilo 70

FOLHA DE OUTONO
Chico Jr 71

QUATRO ESTAÇÕES
Cícero Pereira Leite 72

OUTONO TRANSFORMADOR!
Cidinha Nogueira 73

OUTONO: A ESTAÇÃO MAIS CHARMOSA DO ANO!
Cíntia Maciel 74

DESTRUIÇÃO
Clara Jamil 75

METAMORFOSE
Clarisse Maria 76

HIATO DE OUTONO
Clau Cerutti 77

MINHA ESTAÇÃO PREFERIDA
Claudia Maria de Almeida Carvalho 78

SAMBA DE OUTONO SUAVE
ClaudiaS 79

ESTAÇÃO DE RENOVAÇÃO
Cosette D'anré 80

LEMBRANÇAS DO OUTONO
Cris Pedreira 81

OUTONAL
Cris Vaccarezza 82

PLENITUDE
Cris Vaccarezza 83

OUTONO AZUL
Cristiano Casagrande 84

TRANSLAÇÃO
Cristina Cury 85

SUSPIROS DO OUTONO
Cristina Rolim Wolffenbüttel 86

FOLHAS MORTAS
Dafne Tonelini 88

PASSAGEIRA
Dâmaris Moraes Moreno 89

MEU SEGREDO
Déa Canazza 90

PUERIL VIDA
Débora Cristina Albertoni 91

INCONSCIENTE EM MOVIMENTO
Débora Sestarolli 92

FOLHAS AO VENTO
Dina Fortes 94

FOLHAS FLUTUANTES
Doralice Silva 95

O OUTONO DA VIDA
Edyon Mendonça 96

FOLHAS NA ROTINA
Elaine Franco Melo 98

É OUTONO OUTRA VEZ
Ella Rocha 100

O VAZIO QUE HABITA EM MIM
SAÚDA O VAZIO QUE HABITA EM VOCÊ
Elly Melo 101

BRASILIDADES
Enzo Straioto 102

FIM DE TARDE
Erikka Aquino 103

AS FOLHAS DE OUTONO
Ero Giffonni — O Poeta do Morro 104

OUTONO EM VERSOS
Evandro Ferreira 106

MÃE IPÊ
Fabrizia 107

HAIKAI NO OUTONO
Fátima Xavier Damasceno 108

A LIBERDADE QUE A BRISA DO OUTONO ME TRAZ
Felipe Carolino 109

AMARELO
Fernanda Diniz 110

OUTONO MEU
Flavia Pascoutto 111

AFETO DO OUTONO
Gláucia Trinchão 112

CICLOS
Glícia Poemago 113

AS MUDANÇAS QUE NOS CERCAM
Grazieli Cunha 114

TODOS SOMOS FOLHAS
Guilherme Leitz 115

AO OLHO RUBRO DO SOL
Hélio Plapler 116

É TÃO LINDO
Hilda Chiquetti Baumann 117

CICLO DA VIDA
Hilda Przebiovicz Cantele 118

JORNADA
Íria de Fátima Flório 119

O OUTONO DE UMA VIDA
Iracema Vasconcelos 120

LUISA VEM NO OUTONO
Iris Barros 122

CORES DE DESPEDIDA
Isa Fernandes 123

SINFONIA OUTONAL
Isadora Machado 124

RISCOS NA AREIA
Isaias Pagliarini 125

CHUVAS DE OUTONO
Jairo Sousa 126

OUTONO SEM PUDOR
Jane Barros de Melo 127

OUTONO
Jeanette Barbosa 128

OUTONO
João Bosco Marques da Cunha 129

PASSAGEM
João Henriques de Sousa Júnior 130

MAIS FORTE, INTENSO
João Loures Ribeiro 131

TARDE DE DOMINGO
Jonas Martins 132

LAÇO SENSUAL
Jorge Bernardino de Azevedo 133

LUA CHEIA
Josemeire Dias 134

RENOVAÇÃO
Josy Lamenza 135

AS ROSAS AMARELAS DO OUTONO
Jovina Benigno 136

VALSES E ROTEIROS
Jucelino Gabriel da Cruz 137

EU FALO EM SONETOUNO!
Jujuliano 138

VENDAVAL
Júlia de Rossi 139

ESTAÇÃO DE OUTONO
Juliano Leão 140

TRANSIÇÃO
Julio Goes 141

ECOS DE OUTONO
Kamilla Godoy 142

ESTAÇÕES DAS EMOÇÕES
Karina Zeferino 144

"TE AMO, SE CUIDA."
Kate Batista 145

OUTONO DA VIDA... ESPELHO DO TEMPO...
Kátia Cairo 146

MEMÓRIA NO OUTONO
Kênia Lopes 147

UM AMOR DE OUTONO
Laíla Figueirêdo 148

VENTOS DE OUTONO
Léo Souza 149

SUAVE ESTAÇÃO
Lia Fátima 150

CHEIRO DE OUTONO
Líver Roque 151

ESSÊNCIA, LUZ E SOMBRAS DO OUTONO
Lia Victorino 152

OUTONO DE SUA CIDADE
Loanda Abdon 154

NOITES DE OUTONO
Lorena Bárbara da Rocha Ribeiro 156

AO AMANHECER, UM DIA
Luciana Éboli 157

QUANDO O OUTONO CHEGAR
Lucimara Paz 158

LITURGIA DA CONSAGRAÇÃO
Ludmila Saharovsky 159

MEMÓRIA
Luiz Carlos de Andrade 160

OUTONO DA EXISTÊNCIA
Luiz Octavio Moraes 161

NO AMANHÃ DE OUTONO
Marcela Lima 162

PÁSSARO SOLITÁRIO
Marcelo Moretto 163

FOLHAS DE OUTONO
Márcia Abrantes 164

O ENTARDECER DA VIDA
Marcia Bittencourt 165

MANHÃS DE OUTONO
Márcia Sabino 166

ÚTERO DE OUTONO
Marcos Marcelo Lírio 167

É SEMPRE OUTONO EM DUBLIN
Marcos Roberto Machado 168

NO OUTONO
Marcus Nobre 169

TRANSIÇÃO
Margareth Bruno 170

TEMPO RUIM
Mari Rochaes 171

FAZ FRIO
Maria de Lurdes Rech 172

DESFOLHAMENTO
Maria Louzada 173

OUTONO, EU TE AMO OU REPUDIO?
Maria Solange Lucindo Magno 174

OUTONAL ESTAÇÃO
Marilene Melo 175

FIM DE TARDE
Marina Arantes 176

AMOR DE OUTONO
Marina Chagas 177

DEVANEIOS DE OUTONO
Marlene Godoy 178

SINFONIA DO OUTONO
Marli Ortega 179

TARDES DE OUTONO
Marlene Krupa do Rosário 180

DECLÍNIO
Marlúcia F. Campos 182

REVERSO
Martha Sales 183

OUTONO EM FILME
Meliza Onilda Dias Lemos 184

OUTONO
Mileide Francisco 186

TONS DE OUTONO
Monica Chagas 187

OUTONO: UMA CANÇÃO PARA MINHA MÃE
Mônica Jacinto 188

OUTONO
Nega 189

FIM DE TARDE
Neusa Amâncio 190

FOLHAS DE OUTONO
Neusa Amaral 191

PROMESSA DE OUTONEAR SEMPRE
Newton Dias Passos 192

ENCANTOS DO OUTONO
Nice Scheffler 193

PORQUE O OUTONO...
Odair Pivotto 194

ESTAÇÃO MOLDURA
Pâm Garden 195

HÁ TEMPO, E É BREVE
P. A. Borges 196

ESTALAGEM
paulo rogério 198

PRISÃO OUTONAL
Pedro Henrique Aragão 199

FÉRIAS NO OUTONO
Pedro dos Santos Ribeiro 200

UM OUTONO INESPERADO
Potiara Cremonese... 202

REENCONTRO
Raimunda Gonçalves 204

O VALSAR DOS PLÁTANOS
Rejane Veríssimo 205

UM CORTE TRANSVERSAL
Renilde Fraga 206

SENTADA AO MEIO-FIO, SOB O CÉU DE OUTONO
Rita Manzano 207

MINHA ESTAÇÃO
Robert Lima... 208

AZUL
Roberta Cavalcanti... 209

FOLHAS VADIAS
Roberto Salvo... 210

O OUTONO CHEGOU
Rogerio Sanctos 212

OUTONO EM PALETA
Ronaldson/SE 214

LIRA DE OUTONO
Rogério D. Micheletti...216

CHÁ DE MARCELA
Rosana de Mello Garcia 217

ELOGIO AO OUTONO
Rosalia Cavalheiro 218

ALMA MADURA
Roseli Lasta 220

UM DIA DE OUTONO
Rosméri Costa Thomet 221

FACES
Rubiane Guerra 222

REFLEXOS DOURADOS
Rubén de Mantera 224

PASSAGEM
Sandra Vasque 225

OUTONOS PRÍSTINOS
Sandy Esteves 226

DOMINGO DE OUTONO
Sergio Levi 227

O VELHO BANCO
Sergio Levi 228

EM QUALQUER TEMPO...
Sérgio Stähelin 229

OUTONO
Tadeu Cardoso 230

MEDOS EXISTENCIAIS
Tamara Piazzetta 231

AS FOLHAS CAEM
Tanise Carrali 232

AS ÁRVORES ESTÃO DE MUDANÇA?
Tanise Carrali 233

ETERNO RENASCER
Tê Pigozzo 234

OUTONO
Thiego Milério 235

METAMORFOSE
Thamara Mir 236

TRÊS HAIKAIS PARA O OUTONO
Túlio Velho Barreto 238

SOMBRIO OUTONO
Udilma Lins Weirich 239

FOLHAS MORTAS
Val Matoso Macedo 240

CHEIRO DE MAIO
Valquíria Carboniéri 241

SEGREDOS DO OUTONO
Valéria Nancí 242

PILAR
Vanderléa Cardoso 244

BAILANDO NA CHUVA
Vera Dittrich 246

DESCONFORTO SAZONAL
Vina Cecília 247

CHEGA O OUTONO
    Viviane Lima 248

DANÇA SERENA
    Walter J. S. Coutinho 249

ÊXTASE
    Walter Pantoja 250

LADO B
    Wenddie 251

EU E O OUTONO
    Zalba Dias 252

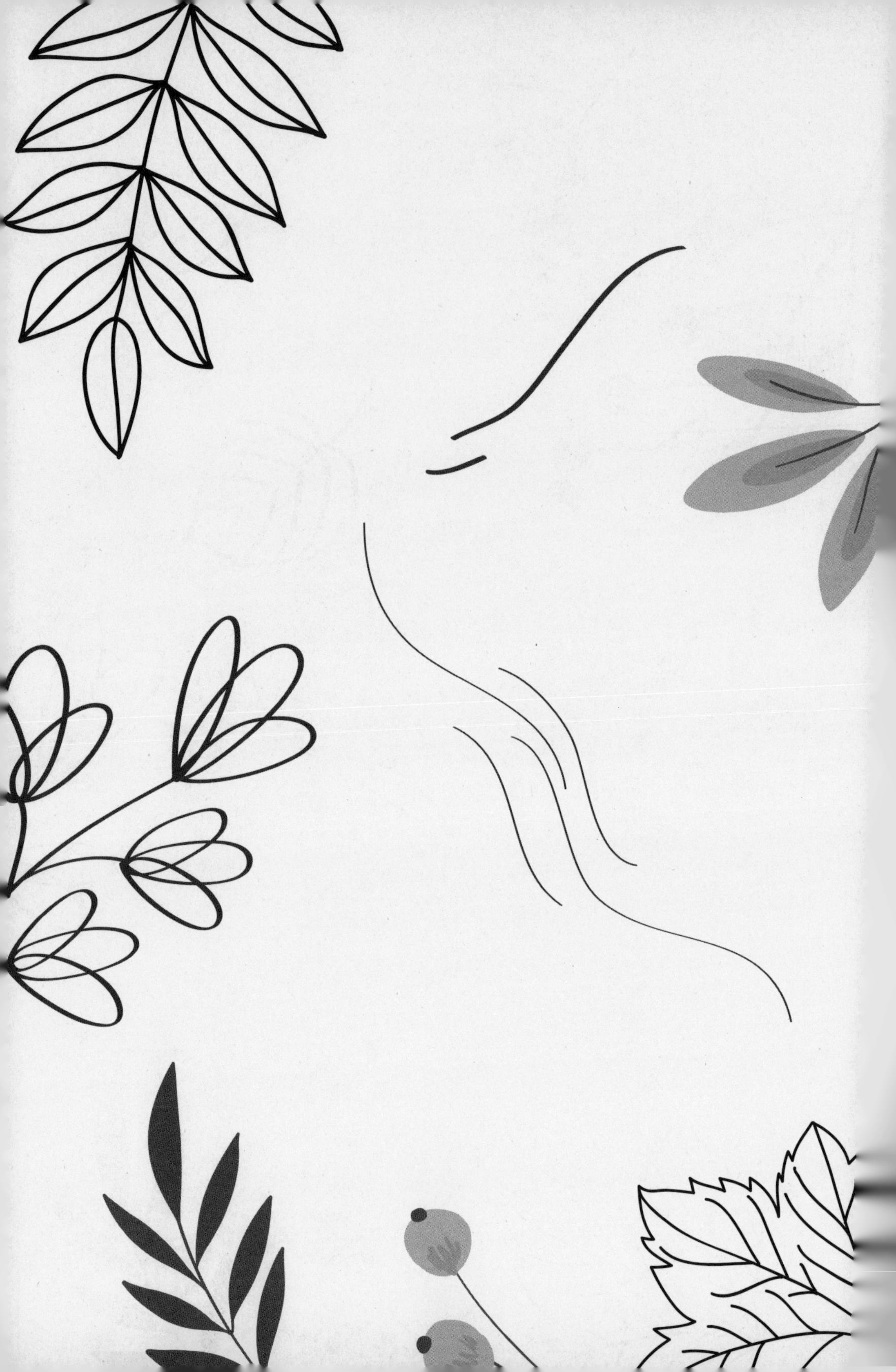

CÉU DE OUTONO
Alessandra Collaço

É verdade! Camuflando o asfalto, o chão fica florido
outonando nosso ir e vir, fica um tantão mais bonito!
Mas, olhando adiante, se rendendo ao horizonte
vislumbra-se uma arte que é pura e elegante.
O céu de outono fica simplesmente impagável
E o anoitecer que sempre, sempre me encanta
se torna ainda mais sedutor, especial, admirável...
Cada cor começando onde a outra se desmancha
rouba meus olhos, me tornando uma plateia muda
porque a beleza profunda da natureza emana
o sorriso da alma, que só a gratidão desnuda.
O céu de outono, quando do dia começa a se despedir,
recebe o azul profundo anunciando a noite, que vem nua!
Soltando as mãos da luz do sol que insiste em não ir,
parecendo azulejos pintados por artistas de rua
tão revelados, sem segredos, sem mentiras para ruir.
Olhe pro céu um dia destes, ainda neste outono.
Descomplique... e permita-se momentos assim admirar
São fragmentos do tempo que nos carrega no colo...
São delícias das memórias de outono, até o inverno chegar!

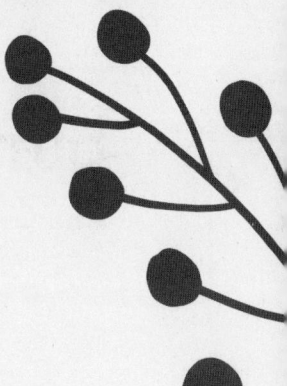

OUTONO MÁGICO
Ana Ceola Ribeiro

Depois da sua passagem, o verão saindo de cena,
Deixa o que foi realizado durante seu período,
Por conta da próxima estação, a de transição.
É a vez do outono audacioso operar devagarinho,
Seu trabalho transitório, transformador...
Ele traz mudanças climáticas repentinas, alternando calor e frio,
Com tempos chuvosos ou tempos de estiagens prolongadas.
É neste ciclo que se notam algumas vegetações amareladas,
Que às vezes causam sentimento de tristeza ao constatar
Folhas sem o viço brilhante e flores sem aquele colorido,
Que outrora foram elaborados pela primavera fascinante.
Mas, apesar de tudo, o outono apresenta algo mágico,
As árvores que perdem suas folhas, flores e frutos,
Brevemente são restauradas e frutificam,
Então, magicamente, tudo volta a como era antes.
Ao mesmo tempo, a magia neste ciclo do outono
Desperta fantasia e inspiração para poesias vibrantes.
Durante a sua passagem, ficamos admirados ao ver as flores
Se desprendendo das árvores em grande quantidade.
Ao caírem, elas forram as calçadas, apresentam um trabalho artístico,
Um tapete multicor, onde gentilmente o outono nos propicia sonhar,
Que, fantasiando, voamos sobre um lindo tapete mágico colorido...

MELODIA DE OUTONO
Ana Cordeiro

A melodia entre o vento
E o silêncio do coração
É interrompida pelo farfalhar das folhas
Que são levadas ao léu
Numa dança desconhecida
De destino incerto
Permeado pelo constante mudar das estações
Como a te dizer que a vida também é assim
Outras vezes essas mesmas folhas
Num eterno bailado
Deitam-se tristonhas ao chão
Formando um belo e colorido tapete
Trazendo cores a um outono melancólico
Talvez abrigando as dores dos amores
Que silenciosamente se escondem
Na friagem do tempo
Ou, quem sabe, amenizando as tempestades
Que vagueiam a nossa mente
E por tantas vezes travadas intimamente
Na tentativa de se despir de velhos sentimentos
Assim como as árvores que se despem
De suas velhas e tristes folhas
Para ressurgirem viçosamente felizes novamente.

PRELÚDIO E FUGA

Carlos Affei

Sei das consequências
do viço que se esvai
até antes da hora
quando folhas se desprendem
quando o chão as acolhe
nos dias outonais.
Sei de mim um pouco
das folhas que sobram
neste corpo presas
até que um dia
chegada a hora
o chão tudo acolherá.

INVENCÍVEL AMOR
Cleia Rocha

Se doeu nele, imagino em você
A que verdadeiramente o amou
E dedicou-lhe noites a fio de carinho e volúpia
Só de pensar sinto-me fraca
Em como se sente ao vê-lo assim seguindo em frente
Em como ainda revive os momentos felizes
Enquanto ele os refaz com outro alguém

Dói em mim como dói em você
E sinto seu peito se despedaçando
Como árvore que perde suas folhas em pleno outono

Não vou pedir que não chore
Ele chorou por vezes também
E as feridas reabrem nesse instante
Como ventania tira tudo do lugar
É quando se descobre o amargo de amar
E não há como escapar desse vaivém de emoções
Não há como deixar de sentir, tampouco de sofrer

Cada minuto, de cada manhã
Experimenta o mesmo sabor
Do amor que não floresceu e permaneceu
Oculto o perfume da flor
Misturado ao cheiro de terra molhada
Às vezes remexe, revira, reabre o secreto das recordações
Revive os momentos e agarra-se à lembrança
Na esperança de que a próxima estação venha desabrochando
E exalando o doce aroma daquele invencível amor

SONHO COM A LUA NOS OLHANDO, OLHANDO-A

David Rodriguez

Ciumenta da brancura do teu corpo
Mais que a branca areia
Mais que a espuma de remansos de ondas
No silêncio quebrado
Das mesmas ondas quebrando em recifes
Ignotos
Como a própria Lua
Que só nos permite contemplá-la
Sem tocá-la
Não assim teu corpo possuído
Pelas minhas mãos hábeis
Que te motivam a mover-se em rítmicos
Cantos de ventos como ondas contínuas
Do amor infinito, permanente e eterno
Que erodem esta praia
Onde, no outono de nossos dias,
Olhando para a Lua,
Falando de nossos sonhos, dormimos
Abraçados.

OUTONO, TEMPO DE VOLTAR

Eduardo Albuquerque

Ah! Outono, como me encantas!
Despe-me dos meus desencontros
Apague meus últimos prantos
Sossegues meu coração, recantos

Outono, és tempo de desapegos!
A natureza se renova, romanesca
Trazes em ti o prazer de seguir
És a esperança voltando a agir

Retornarás para mim, na certa
Pois um novo tempo se descortina
Nossa vida a dois fascina

Ver folhas rolando na relva, incertas
São ninfas apontando nossa sina
Ah! Outono, sussurras nosso destino.

O OUTONO
Jorge Antonio Salem

O outono está na mão,
Seja um bom cidadão.
Veja na sua casa e não deixei lixo no chão,
Cuide de seu quintal, retire o bichinho e o bichão.

Mesmo que o verão tenha deixado esse mundão,
Com certeza, a dengue ainda é um bicho-papão.
Vamos cuidar para a doença entrar em extinção,
E todos poderem ter saúde de montão.

O tempo já esfriou, mas poderá esquentar,
Então vamos nos cuidar.
Nesses dias a chuva deixou de se apresentar,
E a seca começou a judiar.

Ainda vejo pessoas nas ruas que estão a sujar,
Porque falta a elas se conscientizar.
Que o planeta Terra não é um lixão devemos enfatizar,
Para cuidar desse lar provisório devemos nos voluntariar.

Sei que não é fácil essa ideia abraçar,
Mas devemos tentar.
Mais uma vez vou te contar
Que se nada fizer, no lixo você vai morar.

Uma árvore devemos plantar,
Do nosso quintal limpar.
Do nosso vizinho conscientizar,
De nosso tempo devemos disponibilizar.

Assim nosso dia vamos ganhar,
Um dia nossos descendentes vão gostar.
O nosso planeta lindo vai ficar,
E nosso Deus vai nos abraçar.

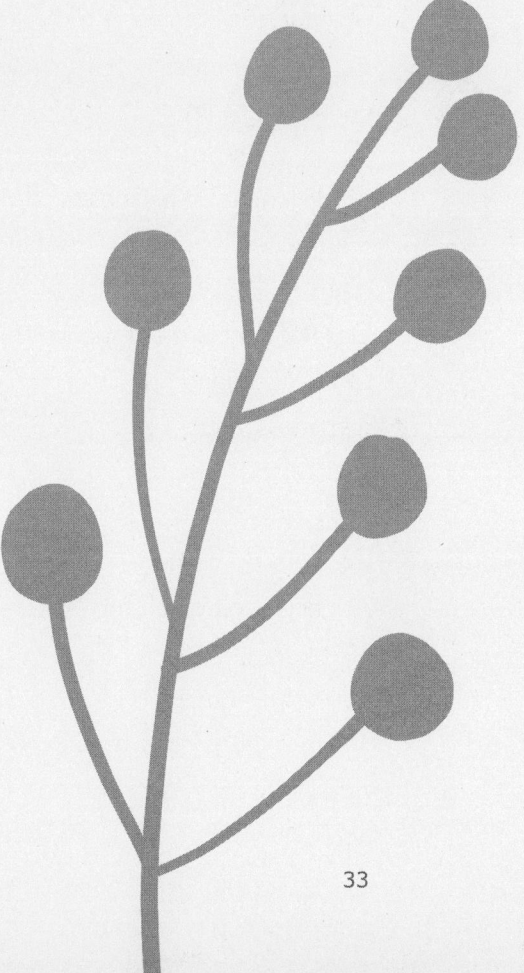

DOURADO
Gil Lourenço

O outono me lembra você
A cor do céu como a de seus olhos
O prazer de brisa no rosto
Alegria da alma ao senti-lo

Nos parques e bosques
Em cada folhagem um leito
Onde repousa sereno
O amor que nasceu de ti

As pedras cantam
Os teus passos sussurrantes
Onde lendas de paixões nasceram
E ergueram-se como torres peroladas

Desejos desfilam em sonho
Onde a realidade se transforma
Cenários ganham vida
Encorajando a amar

E a nova era começa
Anunciando doce futuro
Tê-lo e beijá-lo
Personificando a felicidade

TONS
Moacir Angelino

Folhas caídas no chão
O céu cinza
Dando o tom de antemão

Galhos secos
À espera da solidão
Vislumbram a imensidão

No surgir do vento
Que leva o pensamento
Em busca de nova emoção

Tons do outono
Refletem o sentir e atraem
O melhor do coração

MOVIMENTO, MUDANÇA E BELEZA
Rafaéla Milani Cella

Amanheceres frios
Dias amenos
Noites em que já se pode puxar o cobertor
O tempo de claridade é mais curto
Anunciam o que está por vir
É o meio-termo
Despedir-se do que já se foi
Dar boas-vindas a quem está por descortinar-se
Isso tudo para não nos deixar órfãos de outras estações
E a natureza, em sua plenitude, nos presenteia
Com tapetes forrados de folhas
Salpicados de gotas de orvalho
Nos mostrando um caminho de possibilidades
O gramado ainda está verde
Mas as árvores,
Ah!
Essas começam a sarapintar suas folhadas
De lindos tons
Alaranjados, amarelos, vermelhos e marrons
E quase seria possível dizer
Que esse composê de cores
Seria tão lindo quanto a "prima"
Que antecede a estação

UM CERTO OUTONO DE ÁGUAS BARRENTAS

Rosauria Castañeda

Outono, estação charmosa de folhas amarelas ao vento
Mas um outono diferente acontece no momento
Um outono inesquecível para o povo rio-grandense
Numa grande mudança climática, a água as cidades vence
Casas tapadas de água, tantas pessoas em abrigo
Muita escola fechada, animais correndo perigo
A natureza não tem culpa, quando constroem no seu lugar
Um dia ela toma de volta, passe o tempo que passar
Nesse momento difícil, no campo e na cidade
Tem gente ajudando muito, com empatia e solidariedade
No meio da água barrenta, alguns meninos de bom humor
Desfilam com roupas de grife, doadas por algum senhor
Famosos são voluntários numa ação jamais vista
Bombeiros convencem gente, mesmo que ficar em casa insista
Numa rapidez que não se viu jamais
Num dia se criou o hospital para animais
O cavalo no telhado, símbolo da resistência
De um povo lutador cheio de resiliência
Então aconteceu uma grande união
Voluntários e doações vieram de toda a nação
Tinha jet ski, barco, trator, helicóptero e até avião
Todo mundo ajudando com muita fé, de coração
O recado da natureza foi dado com eloquência
Prestar muita atenção no meio ambiente e na ciência
A água e o fogo deixam em evidência
Se o homem não respeitar, aguente a consequência

MOVIMENTO
Samantha Soares

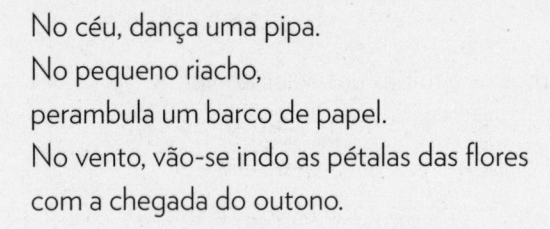

No céu, dança uma pipa.
No pequeno riacho,
perambula um barco de papel.
No vento, vão-se indo as pétalas das flores
com a chegada do outono.

A areia da praia levada pelo movimento do mar.
A poesia do movimento diante do meu olhar.

Nos pés, a poeira,
a pressa rasteira, o início do caminho.
Na cabeça, o sonho surreal
de um mundo sem igual,
metodicamente lindo.

Na cabeça, os cabelos ao vento,
a brisa da tarde de um ocioso tempo.
Os olhos a observar,
Um movimento reflexivo do meu olhar.

Por tudo o que passou, e não vai mais voltar,
que bom que outra estação começou,
e tenho a chance de tentar.
O que não deu, talvez possa aparecer...
Um novo movimento
que traga algo novo para viver.

TERCEIRA ESTAÇÃO
A Gaivota

Que trabalhão você dá, árvore querida.
Suas folhas secas, encrespadas, cor cobre
Deixam-me totalmente aflita, sentida.
Assustada, penso em morte, causa nobre.

Perdem-se as folhas, vêm os frutos gostosos
Das folhas faço chorume, renovo vida
A colheita daqueles frutos melindrosos
Dá a vitamina que tanto preciso e ativa

A suave brisa suplanta nosso outono
Nossa temperatura amena que contrasta,
Que assusta com rajadas tirando o sono
Construindo uma ideia quase madrasta

Ao toque da suculenta, doce amora
Ao beirar a azul e tão pequena piscina
Nossa mãe, cabisbaixa, assenta e chora,
Saudades do outono, do vinho da tirrina!

DIAS OUTONAIS
Adriane Marcos Delfino

Manhãs de vento
Tempos de transição
Entre o calor dos seus braços
E o frio da solidão
Aprofundo-me no abismo abstrato da saudade
Sem conhecer a severidade do inverno

Tardes melancólicas
Entrego-me a recordações
Dos encontros e encantos
Da intensa e avassaladora paixão
Do delicado e sublime amor
Dois lados de uma existência

Noites que se alongam em angústia
Ensimesmado, entendo
Que por recônditos motivos
Entramos em descompasso
Que como folhas caídas
O vento nos afastou

Sublevado intimamente
Só agora percebo
Em úmida tristeza
Que o advento gradativo da friagem
Foi o início do nosso fim
Dura constatação

OUTONO
Alba Mirindiba

Outono é uma estação de transição:
Precede o inverno, sucede o verão.
Nela vislumbramos árvores desfolhadas.
Suas folhas, secas e amareladas,
Caem e ficam pelo chão esparramadas.
Chuvas e temperatura são minimizadas,
Os ventos se exacerbam,
Dia e noite são iguais.
Se a queda das folhas é evidente
E são sua característica mais marcante,
Os frutos, porém, são abundantes:
Uva, banana, coco e caqui;
Maçã, goiaba, laranja e limão;
Abacate, pera, figo e kiwi;
Graviola, manga e mamão.
É muita variedade.
Difícil é escolher.
O bom é degustar, é comer.
Mas o principal é saber
E ver que cada estação
Traz o cuidado de Deus,
Contemplando os filhos Seus.
É muita bondade d'Ele para conosco,
Expressão do seu amor na natureza.

AMARELO LARANJA
Ale Pop

Olho pela janela a dança suave das folhas de plátano
Uma delas, em tons de amarelo laranja, desprende-se do galho
e dança sua última melodia
A chegada do outono é o que essa dança anuncia

As folhas caem, mas deixam sua marca
Um tapete dourado cobre o chão
Uma chama se acende, nos deixa em ponto de ebulição
O vento suavemente gelado sussurra segredos
Histórias antigas de amor e paixão
Cada folha que cai é um adeus
Mas também um abraço de recordação

Nossos corpos, entrelaçados como galhos nus, fazem do outono
um quente verão
Debaixo das cobertas me aqueço com o toque de tuas mãos

E enquanto as folhas dançam ao vento, somos poesia, somos canção
No outono da vida, florescemos, eternos amantes, em cada estação
Almas nuas que juntas aquecem o coração

NOVA ESTAÇÃO
Alzerinda Braga

Rumo aos 70
a estrada se modifica:
folhas caem,
mudam de cor.
São amarelos, ferrugens, marrons...
de uma beleza ímpar
que trazem a calma necessária.
É um misto de alegria e melancolia.
Outono é transição,
anúncio,
prenúncio.
Não mais as cores brilhantes,
a energia fatigante,
o barulho ensurdecedor.
Mas o farfalhar das folhas sob os pés
a brisa calma
um som aconchegante
que nos preparam para a Nova Estação.

FOLHAS COLORIDAS DO OUTONO

Amália Costa

Contigo vivo o impossível
Como viajar à noite, conhecendo o inesquecível
Vivendo para ser feliz
Deixando de agradar os outros, o que vivemos não é o que outro diz

Vejo as folhas coloridas do outono em seus olhos castanhos
A forma como estamos predestinados, a verdade é que nunca fomos estranhos
Teu sorriso é meu ganho

Teu toque são as pétalas macias da flor na primavera
Se necessário, iria contra o tempo, viajaria na hidrosfera
Para te defender, seria a própria quimera!
Te amo infinitamente, além da compreensão da nossa atmosfera...

FOLHAS OUTONAIS
Amancio Holanda

Folhas
de
Outono
Folhas de

Ou
to
no
voam
dançam
planam
Fazem
pi
ru
e
tas
no ar
E em voos
rasantes
No instante

Pousam
len
ta
men
te
Por entre outras tantas
folhas.
Folhas de outono

Os olhos ficam extasiados

Nos rostos as alegrias
pueris
Dos transeuntes enamorados
Nas praças e parques
da cidade
Os casacos se alternam,
As botas lustrosas
Passeiam macias
Sobre o tapete colorido
No sem fim de matizes
Das folhas outonais,
Folhas de outono.
Tudo é tão sereno
e calmo
Parece que adveio o
Decreto da paz.
As plantas suavemente
Acomodam a bagagem
É longa a viagem
Como o repouso eterno
Dos longos dias silenciosos
do inverno
E tudo deverá estar
pronto

Para o momento sublime
que é ponto de chegada
Da festa de primavera.
Alforriadas depois de longa
jornada,
Sem o temor
de perder a cor,
altivas e
Libertas,
Voam tranquilas
No último passeio
e se mimetizam
na paisagem
As folhas
outonais...

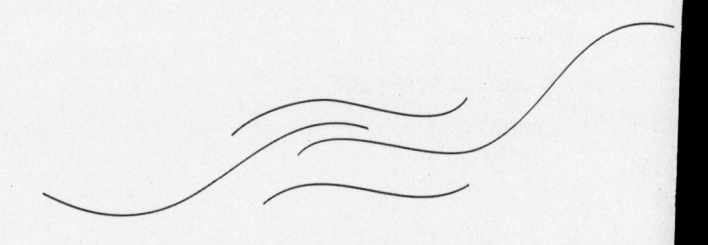

OUTONO: TEMPO DE RENOVAÇÃO
Ana Dalva do Prado

Folhas secas se desprendem
Brincam ao vento com leveza
Desfilam em uma linda passarela
Anunciando renovação na natureza!

Tempo de abandonar velhos costumes
Tempo de renascer...
Transformar e evoluir, preservando as raízes
Tempo de florescer...

Festejando cada ciclo...
Celebrando a beleza de cada estação
Fazendo brotar o NOVO
Carregado de esperança no coração.

SUSSURRO
Ana Laura Simon

Minhas palavras são regresso do outono.
Rastejando entre as frestas pela minha pele.
A promessa vindoura de um sono clemente
Doce melodia para insones penitentes.

Dedos de pontas frias buscam acalento;
Nos ígneos olhares a cura à soledade.
Róseas faces escondem-se do rijo frio,
será um sussurro resposta a tamanha angústia?

As folhas matizam o caminho
Monocromo em seu universo.
Enquanto eu puder me arrastar

e ver
e arder

Vou gritar o outono.

A BRISA MORNA DO TEU CHEIRO
Ana Paula Fernandes

O frescor leve ao amanhecer
Os pássaros embalando o despertar
Cantando numa bela sinfonia.
A vida pura e simples recomeça
Com as cores e sabores do outono.

Seguem as horas, o tempo, a existência
A brisa morna no rosto no meio do dia
Não há mais o canto das andorinhas
Alaridos que não se calam
Das folhas secas que caem.

Ao entardecer, de frente com o horizonte
A face livre sorri ao céu
A brisa morna do teu cheiro
Anunciando mais uma doce
E alaranjada estação.

OUTONO
André Borba

no sul
em abril
o ar lavado
esfarela nuvens
aves de arribação
fogem sem que se perceba
os plátanos
así no más
narram a estação
bordejam as calçadas
as poças de lama
azuis imensuráveis

O ÚLTIMO OUTONO

Andreia Santos

As folhas seguem para onde o vento as levar
Entendendo o tempo como metáfora
Aquele entre-lugar
O outono – entre o frio e o quente
Tudo ao redor chama mais atenção
Que nós
Os silêncios eram templos gigantes
Só cortados pelo assoviar do vento
E embaixo de sombra alguma
Sentados em bancos cinza frios
Fomos
Colher o nosso outono

O SILÊNCIO DA BRUXA

Andrezza Regly Carvalheiro

As folhas caem
Deslizam
pelo vazio do tempo...
Finco meus pés no chão
Dedos aterrados na terra marrom...

Varro para longe o que já não me pertence...

É Mabon...
O outono traz equilíbrio,
O deus e a deusa de mãos dadas
colhem o que plantamos
A Bruxa se cala,
viaja ao passado pelo brilho sombrio da vela,
limpa seu altar,
agradece...
E segue seu caminho!

ATRAVÉS DA JANELA

Angela Moreira

No frescor dessa manhã de outono,
Me inspiro para expressar meus pensamentos
Que são tão diversos, algo confusos,
Devo admitir.
Olho através da janela
Para a imensidão azul do céu,
Onde os pássaros brincam de pique
Deixando sons que me encantam
A cada manhã vivida.
Para onde vão?

Onde estão seus ninhos?
Por que transitam por onde a minha vista alcança?
Para onde vão meus amigos alados,
Quando as horas avançam para o meio-dia?
De onde surgem,
Quando enchem o ar de sons
Pouco antes do anoitecer?

CHUVAS DE OUTONO
Ângelo Carvalho

E nessa suave brisa
Chuvas de outono que só cativa
Cura da alma a dor do peito sofrido
Em cada verso folha caule
Raízes do tempo do amor amigo.

Nas suaves pétalas das folhas que enobrecem
Suas nuvens voam ao vento leve
Em leves toneladas de saudades às margens
Outono de noites que os lábios entraves
Nesse murmúrio de frias paisagens.

A dança das nuvens risca o azul dos céus
Encontro de um baile em lua de mel
Navegantes rosadas de ternura tímida
Sintonia aos sons de suaves chuvas
Em pinturas brancas de (tuas) folhas em véu.

Outros outonos virão
Raios do sol surgirão no horizonte
Estrelas-guias as nuvens dirão
Entradas de esperança e alegrias
Sinais de brilho no coração.

Chuvas de outono em campos de maio
Maios de renascimento do porvir
Futuros outros escritos em segredos
Desses tempos de absurdos e medos
Que o ser humano insiste em lutar e reexistir.

OUTONO EM MIM
Anildes Ribeiro

O outono bate às portas do meu coração

Um instante eterno que grita em meu peito

Trazendo consigo memórias, dores recomeços

Outros anseios

Num constante movimento

Onde eu me percebo

Encontro
Mudando rotas

Me noto
Intensidade de um ciclo
Mutável ou permanente, depende do que sinto.

Esse é o meu instinto!

ONDAS
Anildes Ribeiro

Nos recomeços de uma estação
Me encontro como que em uma canção
Em cuja melodia cabem todos os versos

E na harmonia desse som
Eu me encontro, renuncio e recomeço
Em um infinito processo
Que o outono em mim evidencia

As folhas caídas se fazem sentidas
Nas feridas que a vida gera
Cicatrizes!
Longa espera.

Um ciclo que se faz e refaz
quando o novo nasce
transformando perdas,
anunciando chegadas,
dando o tom certo para continuar
não mais como antes (em tons dissonantes)
mas num ritmo de perfeita harmonia
entre o que se foi e o que é
Uma linda melodia.

E EU QUE TE AMO TANTO

Antonia Claudino

Mais uma estação passa
o frio começa a aparecer
junto com os resfriados e alergias
e eu que te amo tanto
coloco uma meia para aquecer meus pés

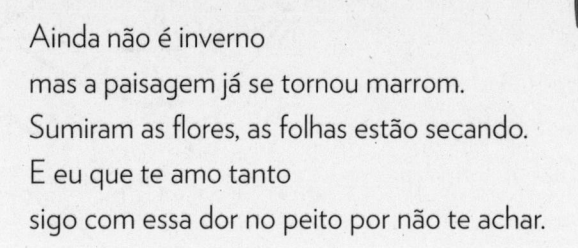

Ainda não é inverno
mas a paisagem já se tornou marrom.
Sumiram as flores, as folhas estão secando.
E eu que te amo tanto
sigo com essa dor no peito por não te achar.

Alguns dias abre o sol,
alguns dias faz calor.
E eu continuo pensando em você.

Como se estivesse montando um quebra-cabeça incompleto,
ou resolvendo um enigma sem solução.

Ah! Como eu te amo.
E talvez seja este o problema.

Esperar alguém que não quer chegar.

AMOR DE ESTAÇÃO
Anyy Cabral

O verão passou rápido e você estava comigo
Conversávamos, ríamos por horas a fio
Mas você se foi e me levou consigo
A tristeza de mim ainda não se esvaiu
Ah! Como eu sonho com seu beijo
Ainda tenho dentro de mim esse desejo
Você me fazia sonhar
Não estava acostumada a delirar
Mas seu cheiro me incandescia, incandesce...
Você é o meu sol de outono, me aquece...
A folha dourada do outono me lembra...
Me lembra de você... seu cabelo coral
Minha memória com você me aquece
Seu sorriso me faz brilhar como as árvores coradas
Anseio, espero, respiro, transcendo, vibro...
Preciso de você, do seu cheiro de natureza, seu amor
Assim como o outono você tem todo o resplendor;
Então quando há de voltar você, meu amor?
Não me deixes sofrer por mais, e mais tempo...
Preciso de você, pois só assim me contento...
Pois carregamos em nós mesmos ar livre e o vento.
Preciso do seu espírito aventureiro, como preciso!
Quero seu beijo frugal e cálido, preciso do seu outono;
Volte, meu amor livre, aplatônico... outônino.

CRISÂNTEMO BRANCO
Arilson Pitta

Se quebras ao toque, no sussurro do vento, frágil és.
Como cativa, oh, crisântemo no outono?
Tuas pétalas não me abrigam mais, não cobrem minha vergonha.
Não sei quanto tempo teremos até que chegue o rigor da estação, contudo peço, pequena flor, abriga-te nos dias severos e regala-te.

Quem dera fôssemos como brotos num jardim primaveril, porém o tempo das primeiras coisas é passado.
Não há aroma em ti, não há cor em mim, somos como o capim pisado pelos homens. Somos como a terra infértil.
Os raios de luz tímidos brilham ocasionalmente para nós nos dias amenos, mas até quando?

Volta, crisântemo branco, perdoarei tuas inverdades.
E, como os tons intensos da estação, nosso laço vivificará nossa essência.
Entretanto, a escolha sua é, faça o que te apraz. Faça-o, contudo, rápido, pois as últimas pétalas de mim se vão.
Como cativarás, oh, crisântemo, no outono?

ESTAÇÃO MORTA

Arthur Viana Lima

Outono
Transição
De calor e acalento
Ao frio e vazio
Bobo
Tons amarelos e dourados
Disfarçam o puro ouro de tolo
Dos seus dias curtos
As flores mortas
As longas noites
Ao eterno devaneio
Assim elejo este poema
Simplório e semelhante ao outono
Com meus versos mortos

AMOR OUTONO AMOR

Beatriz Pacheco

Eu o amei, por suas palavras e toques deixei-me envolver.
Ah, carícias, memórias quentes de outrora.
Porém, como folha no outono, sinto-me desvanecer,
Ele nada considerou, apenas levantou-se e foi embora.

Tal qual a árvore que perde suas folhas,
desnuda ao vento e rígida permanece ali.
Assim, eu fico firme, repensando minhas escolhas.
Embora, internamente, procure a justificativa que o fez partir.

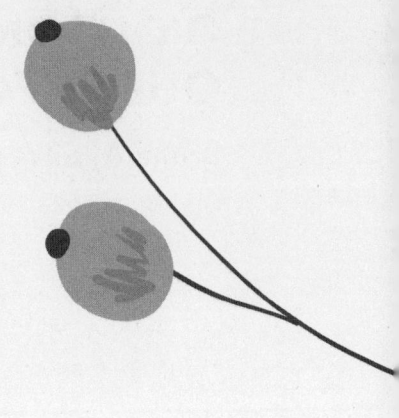

Bem sei eu de minhas manias e comportamento instável
contudo, iludida, achei que aguentarias,
ora, o amor não é fortaleza inabalável?

Talvez não fosse amor, o que amor dizias,
só aqui o sentimento é palavra inalterável.
Ganhei desilusão, nesse outono de tardes quentes e noites frias.

O OUTONO
QUE SE FOI COM VOCÊ

Bruna A. Silva Lima

O outono chegou
E mais uma vez
Meu café esfriou
Lembrei do nosso amor
E de quantas vezes
Deixei meu café esfriar
Esperando você voltar
Às vezes caminho pelos lugares
Aonde íamos juntos
Fantasiando você ao meu lado
Na esperança de te ver novamente
Mas sei que é algo impossível
Não posso mais correr
Para teus braços
Não terei mais o privilégio de teus beijos
Não verei mais teu sorriso bobo ao me olhar
Você se foi para nunca mais voltar
Talvez nossos corações
Se encontrem em outra vida
Mas nessa vida
Vamos nos amar a distância.

ENSEADA DE OUTONO

Caroline Franciele

Em tons suaves revoa
Minha alma para alta galhardia.
Como uma ave de rapina
Esmera-se em galhos turvos
Assim as lágrimas banham
A encosta da enseada.

Tudo converge ao caos
Em meio a estas folhas secas
Mas, que apesar de secas,
Agarram-se à vida com um esmero sem fim.

Entardece na encosta,
Os troncos mostram a sua opulência
Em uma majestade
Que somente pertence aos que amam
E não sabem ao certo explicar o porquê.

Mas, o que são explicações?
Em meio ao outono sem fim da vida,
Saberemos que o renascer é tão eterno
Quanto o balanço suave da terra sob nossos pés.

OUTONIZANDO
Celso José Cirilo

O envelhecido
meio do dia
o singular amarelo
da borboleta, a súbita
preguiça dos cães
amolecidos à sombra dos beirais
condensam um descanso
existencial, quem sabe
o ensaio letárgico da morte
Falta apenas a voz
da soprano dependurar Pie Jesu
no vento e deixá-los
à mercê deste outono
tão breve e tão profundo

FOLHA DE OUTONO
Chico Jr

Eu sou uma folha que o vento de outono soprou ao chão.
Já não sirvo ao propósito para que fui criada.
Caída, passo os dias olhando para onde um dia fui.
O tempo passa entre dias e noites sempre iguais.
O sol me resseca pouco a pouco em lento desgaste.
Quando há chuva, eu me abraço às suas gotas e...
Faço-me poça.
E nesse pequeno espelho de água eu me reconheço.
No reflexo das folhas nos galhos da árvore.
Minha alma se engana...
E sente saudade do que um dia eu fui.
Mas eu poderia ter sido flor, fruta madura, árvore frondosa.
Contentei-me a ser folha e agora...
Despedaço-me em fragmentos semiconscientes.
Sigo a me misturar com a terra...
Já não me reconheço mais.
Decomposta em substrato, o que me resta?
Senão nutrir as sementes que vão germinar no próximo verão.
Eu poderia ter sido mais.

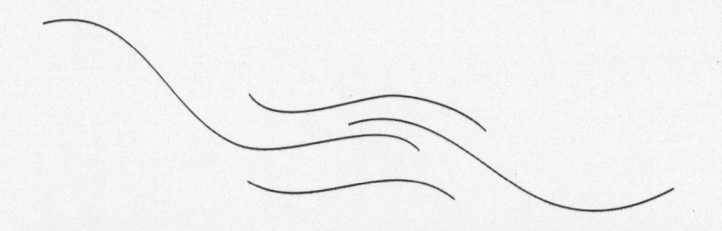

QUATRO ESTAÇÕES
Cícero Pereira Leite

Nos passos de cada dia
E em cada amanhecer,
O sol nasce nos teus olhos,
Universo do meu mero ser.
Na translação de desejo infinita
Em cada estação mais palpita
Meu coração por te ver.
Nas tardes lindas de verão,
Teu calor me enlouquece.
E no outono teu beijo,
Fruta do doce desejo
Dos meus lábios trêmulos
Cuja brisa ou fortes ventos
Me trazem no seu ensejo,
Este forte e louco anseio
Dos teus beijos e teu corpo,
Me deixa como um louco
Esperando a outra estação
Na qual em meu coração
Virá teu corpo me envolver,
Pois como manhãs de primavera,
Teu formoso sorriso floresce,
E só acalmo por essa prece
Que minha haverás de ser.

OUTONO TRANSFORMADOR!
Cidinha Nogueira

Meu coração amanheceu angustiado,
Por não te ter ao meu lado,
No outono, as folhas das árvores caem lentamente no chão,
Como minhas lágrimas teimam em escorrer pelo meu rosto,
Não consigo segurar a agonia do meu coração.

Olho pela janela e vejo que a natureza se transforma,
No meu íntimo também não sou a mesma pessoa,
Desde a sua partida inesperada neste outono,
Me transformei numa pessoa melancólica, introspectiva,
Não sinto a mesma alegria e energia de outrora.

Cada vez que relembro os momentos compartilhados,
Sinto um aperto no peito, um desejo de sair correndo,
Gritando, até a dor ir se esvaindo,
E me transformar naquela pessoa que vislumbrava
A vida colorida, otimista, alegre, confiante.

Mas como a natureza, o outono, as estações do ano,
Nunca serão iguais a cada ano, têm suas mutações,
Eu nunca voltarei a ser a mesma pessoa.
Sua partida deixou um enorme vazio no meu peito,
Que jamais será preenchido por outra pessoa.

Você é único, insubstituível,
Ficará para sempre na minha memória,
Impregnou, se conectou na minha alma,
Jamais te esquecerei!

OUTONO: A ESTAÇÃO MAIS CHARMOSA DO ANO!

Cíntia Maciel

Sempre gostei do outono:
A estação mais charmosa do ano.
Folhas soltas ao chão
Revelam que elas não têm dono.

Inspiração para os apaixonados
Que para com seus amores
Têm muito cuidado.

E em meio a dias
Um tanto sem cor
É capaz de
Nos preencher de amor.

Para mim, é com certeza
Das estações
A mais bela.

Porém, não nego
Que aguardo
(Ansiosa)
A chegada da
Primavera!

DESTRUIÇÃO
Clara Jamil

eu, que sempre fui inverno
me apaixonei pelo verão
quente, seco, sufocante
você, que odeia o frio
se apaixonou por mim

combinação destrutiva: gelo e fogo
mas a gente queria tanto que desse certo
desesperados, tentamos unir nossas estações

você veio me prometendo calor e vida
eu te ofereci aconchego e confiança
combinação destrutiva: eu e você

juntos nos fizemos outono
corpos anestesiados na temperatura amena
você sem poder queimar, eu sem poder esfriar
nevoeira fazendo-nos ver só amor e ignorar a dor

nossos sonhos se materializaram em folhas
todos caídos pelo chão que nós mesmos pisamos
ventos levaram nossa paz e nossa alegria

e eu só queria ser inverno ao seu lado
e você só queria ser verão em mim

no outono nos fizemos e nos despedimos

METAMORFOSE
Clarisse Maria

folhas soltas
livres voam
palavras dançam

escrevo
porque preciso
transpor o tempo
fora de mim

e troco de pele
      de pelo
      de apelo
      de viver

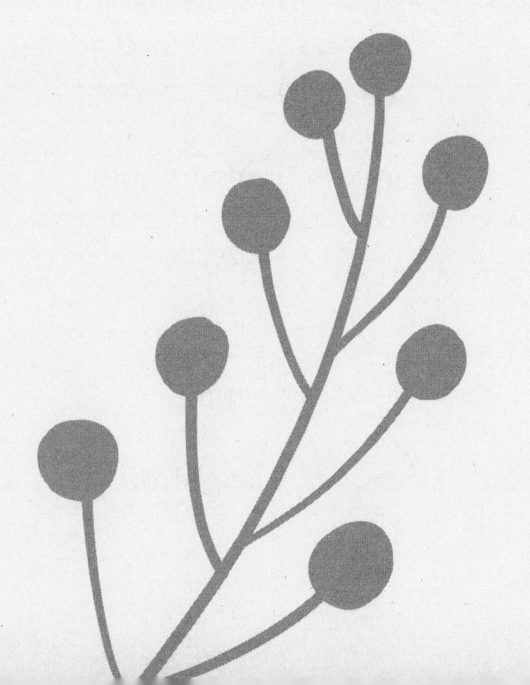

HIATO DE OUTONO
Clau Cerutti

Eu sinto o hiato...
Aquela pausa entre o que passou
E o que está por vir.
Aquela página entre um capítulo
E o próximo.
Aquele silêncio entre a risada
E o choro.
Aquela espera entre o almoço
E a sobremesa.
Aquele vale entre a praia
E a montanha.
Aquele rio entre um lado
E o outro.
Aquele vento entre a tempestade de verão
E o frio do inverno.

Mas então eu descobri
Que na pausa tem a esperança.
Que na página tem a imaginação.
Que no silêncio tem o pensamento.
Que na espera tem a curiosidade.
Que no vale tem a natureza.
Que no rio tem a água.
Que no vento esconde-se o outono.

Porque o outono é o próprio hiato.

MINHA ESTAÇÃO PREFERIDA

Claudia Maria de Almeida Carvalho

Outono, querido outono!
Amo sua estação
Que me lembra renovação
Você chega trazendo ventos
Que desfolham as árvores
Brotam os frutos que alimentam
Tanto as pessoas quanto os pássaros
Faz-me querer renascer
Penso em pedir ao vento que leve para longe
E não entregue a mais ninguém
Meus pensamentos nefastos, minhas mágoas
E faça surgir em mim a alegria de ver o colorido
Que você pincela a vida ao meu redor
O vento me ensina a ser dinâmica
As cores profetizam na felicidade
E nesta minha idade
Só tenho Gratidão
Obrigada, outono amado!

SAMBA DE OUTONO SUAVE

ClaudiaS

Há enlaces sendo desejados
Nós desatados
Fitas se embaralhando
Cabos ancorados
Barcos perdidos
Vida pulsando
......Numa imanente intensidade

......Insistência em alargamento

O que parecia tempestade se apresentou como uma Brisa de outono suave

Isso pode dar Samba

ESTAÇÃO DE RENOVAÇÃO
Cosette D'anré

Temperaturas amenas elas encaram.
Para gastar menos energia, desacelerar,
As espécies, previdentes, se modificam.
E a paisagem adquire beleza espetacular.

Cultivam-se tulipas, gérberas e begônias.
Também há angélicas, orquídeas e lírios.
É um momento de leveza e de harmonia.
Apesar de curtos, os dias têm seu brilho.

Folhas criam um sedutor tapete no chão.
Há forma, tamanho, cor, solo inebriante.
Torna o despertar mágico, de inspiração.
Renovação é uma sensação bem presente.

Tempo de frequentes nevoeiros e ventos.
Ele é o que sucede a estação mais quente.
A baixa umidade do ar é um dos efeitos.
Início da preparação à primavera, adiante.

Flores também caem, mas não a toda hora.
A época é efêmera, ocorre uma vez ao ano.
É período de aconchego e de cores terrosas.
São predicados da serena estação do outono.

LEMBRANÇAS DO OUTONO

Cris Pedreira

Do outono guardo as melhores recordações da minha infância.
A dança das folhas com sua magia embelezando os quintais.
O vento no fim da tarde balançando meus cabelos.
As frutas que colhia no pé, no quintal de casa.
O pé descalço molhado na relva do amanhecer.
Que belas lembranças!
Falar de outono, volto a ser criança.
Correndo no campo e sentindo o vento no rosto,
Colhendo os frutos no meu quintal.
O tempo passou, muitas histórias vivi.
Mas, o outro faz-me recordar meu doce lar.
Casa de mãe e pai, o melhor lugar.
Regado de carinhos, anunciando que o amor mora lá.
Oh, outono, quando chegas alegra meu coração!
As lembranças que me trazes são imortais.
Denuncia a beleza das folhas, o aroma dos frutos,
Vento suave, sons controlados na lida que tece a vida.
Ah, eu sabia, o outono é belo como uma poesia.
Alegra a alma com sua magia.
Outono é verso e canção.
Faz-me cantarolar de alegria ao amanhecer.
Agradecendo a dádiva da vida, todos os dias.

OUTONAL
Cris Vaccarezza

Outono é a estação em que o verde da infância,
se perde nos tons marrons da maturidade.
As folhas caducam e forram o chão.
As árvores se desvestem, deixando à mostra seus troncos nus.
Nus como os dorsos cansados dos açoites
da vida, do tempo e do vento norte.
As folhas se espalham pelo chão, num grosso tapete.
Não há flores nos galhos, no fim do verão...
Outono é transformação. Preparem-se!
Aí vem o inverno, que a tudo congela e destrói.
Tudo se esconde, se vai...
Tudo se protege dos rigores do inverno.
Menos os dorsos nus das árvores,
que resistem, gestando em seus galhos,
do início do outono ao final do inverno,
o verde das folhas novas da primavera,
e os multitons das flores que em breve virão.
Dos galhos secos, numa sucessão de vida infinita, brotarão.
Antegozando, os frutos maduros do verão.
No outono, as velhas folhas caducas murcham, morrem,
e as novas germinam por dentro dos galhos,
dormindo no inverno e despontando na primavera,
amadurecendo no verão, para que a vida jamais cesse.
Assim é outono... fora e dentro de nós!

PLENITUDE

Cris Vaccarezza

Os áureos e ensolarados dias do verão da vida
iam se despedindo preguiçosamente.
Havia dias ainda claros e quentes, outros nublados e cinzentos.
Cinzentos, como eram seus cabelos anelados
Que, rebeldes, tremulavam ao vento fresco de outono
A loba grisalha, plena e madura sorria...
Cônscia de que ficava para trás o fogo juvenil,
Saber, ela sabia. Sábia, ela o sabia.
Eram muitas primaveras. Sábia, mais e mais a cada dia.
A empolgação calorosa do verão da vida, se punha lentamente
com as cores mais intensas do típico crepúsculo outoniço.
E a loba cinzenta sorria...
O calor dos dias longos ia sendo aos poucos trocado,
tal qual a estação, pelos fogachos senis,
que antecediam o inverno da vida.
Chegara ao ocaso da vida, ela o sabia,
e tudo bem... tudo é tempo. Para tudo há tempo.
Tempo de repensar as escolhas. Tempo de repesar as medidas.
Tempo de sorrir para o outono de seu cinquentenário,
abraçar com alegria a segunda metade da vida.
Aprender a acostumar-se às mudanças,
acolhê-las e bendizer a vida
Em todas as suas fases e estações
E a loba cinzenta sorria seu mais lindo sorriso outonal.

OUTONO AZUL
Cristiano Casagrande

Folhas de outono
Coloridas, sortidas
Sol agradável no céu azul
Sinto uma aprazível brisa

Azul forte tingindo as manhãs
Não há céu mais lindo
Claro, grandioso, sublime
Um suave calor subindo

As folhas de outono caíram ao chão
As árvores do quintal permanecem sob o céu
Lembrei então que não tenho mais o meu amor

Restou como confidente da solidão
Uma pálida e fria folha de papel
Em que escrevo para curar a minha dor

TRANSLAÇÃO

Cristina Cury

Entre equinócios e solstícios
Entre outonos e floresceres
Memória de tantos tempos
Passados, vividos e presentes
Ainda
Que a vida ande ligeira
E o passo se faça pesado
Permaneço, espero, aceito
Pressinto a primavera
Floresço onde devo estar

SUSPIROS DO OUTONO
Cristina Rolim Wolffenbüttel

Folhas caindo, cores vibrantes no chão,
Vento frio sussurra, traz consigo a transformação.

Pôr do sol dourado, luz suave no horizonte,
Caminhadas no parque, passos sobre a ponte.

Cheiro de terra molhada, aroma de renovação,
Fogueiras que crepitam, calor e união.

Suéteres aconchegantes, abraçam com ternura,
Chá quente nas mãos, aconchego e doçura.

Crepúsculo se aproxima, transformando o céu,
Canção do tempo, vida refeita, sem véu.

Serenidade melancólica, colheitas e festas,
Folhas douradas, em brisa suave, são gestas.

Céu nublado, silêncio tranquilo,
Nostalgia ao redor, em cada suspiro.

Amor e dor, emoções intensas,
Alegria e tristeza, em nuances imensas.

Vida se transforma, ciclo natural,
Outono nos ensina, lição vital.

Aproveitemos a estação, fugidia e bela,
Na passagem do tempo, a vida se revela.

FOLHAS MORTAS
Dafne Tonelini

As horas passam e olho para trás
Corro para não te perder para o tempo
Minha corrida para um futuro
Ao mesmo tempo no passado
Em busca do nosso presente
Não quero te deixar
É uma questão de vida
Seguro as folhas que estão a secar
Vem o vento e me pede para soltar
Dói demais
Parece abandono
Te quero perto
Te quero em mim
Talvez a maior das lições da vida seja o desapego
Quisera eu fechar a vida numa equação matemática
Mas o outono me chama antes do fim
E exige de mim que solte sua mão
Sem ponto final numa dança tática
A dor da renovação cresce raiz
Se expande rasgando meu peito
Nem de longe por um triz
Deixar ir é entender que outras vidas devem nascer
Estarei eu disposta a amadurecer?
Saber ser ciclo é saber perder

PASSAGEIRA
Dâmaris Moraes Moreno

Curioso isso
De nascer com o desabrochar
Das flores em plena primavera
Neste país, neste hemisfério
Mas que se houvesse nascido
Em outro país, em outro hemisfério
Teria nascido
Com o farfalhar das folhas
Levadas pelo vento de outono

É preciso (e precioso)
Olhar para isto e lembrar
Que nós e a natureza
Vivemos em profunda conexão

E mais ainda
Não importa se nascemos
Com o perfume das flores
Ou no dançar das folhas ao vento

Cada estação é um lembrete
Do passar incessante do tempo
E principalmente
Que a vida pede passagem

MEU SEGREDO
Déa Canazza

Que alameda é esta?

Árvores frondosas
com brilho do sol tímido
passagem para o céu
caminho para o sonho.

Meus pés desfilam entre as folhas
o chiado crepitante
música para meus ouvidos aguçados.
Liberdade.

O cheiro de outono
cores diversas, folhas, folhas
passos certeiros
sei bem onde chegar.

Chegarei em teus braços
te guardarei no meu coração
e continuarei te querendo em segredo
para sempre,
Sempre.

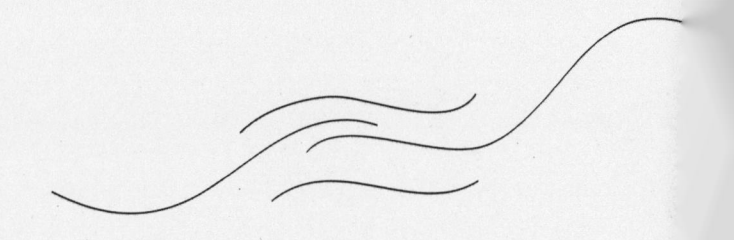

PUERIL VIDA

Débora Cristina Albertoni

As mão se levantam em tom de ameaça,
Nunca pensei que odiaria a chuva
Tanto quanto eu odeio Ela,
Criando um ambiente hostil para sua caça.

Vivi plena e pueril para um adulto,
Criei histórias sem rimas,
Insisti em outras sem climas,
E no coração... mais um insulto.

Resultado sempre fora do esperado,
Gritei aos berros em desespero e Ela...
Bom... Ela veio voraz no seio da raiva:
"Calma, tudo já está determinado!"

Páginas de uma vida devaneada,
Olho para meu café, viro a página,
E volto na história como mágica,
Minha, sua... quebrada.

Segui firme até meu último suspiro,
Sem fôlego olhei pela janela,
As folhas caíam: Sequela,
Olho para minhas mãos: Delírio.

INCONSCIENTE EM MOVIMENTO
Débora Sestarolli

Folhas secas caídas no chão,
como um emaranhado de pensamentos desconexos.
Tento montar esse quebra-cabeça
mas não consigo me curvar diante do horizonte.

Quero um pôr do sol em nuances variadas,
promovendo um riso velado.
Essa paleta de tons no céu neste fim de tarde
revela uma espécie de exuberância da natureza.

Há a força do ciclo em andamento,
ação de mudanças significativas.
O vento gelado me toca suavemente,
arrepia o âmago de minha insensatez.

O cheiro do frescor das tardes amenas
invade uma espécie de nostalgia.
Me convoco ao passado,
é uma tentativa de buscar sentido para o futuro.

É o momento de um resgate interno
e de abrir as porteiras do inconsciente.
Os ciclos se completam na incompletude,
não quero forjar sentimentos.

Me preparo para um recolhimento mais intenso,
o inverno da alma me acalma.
Esse movimento intrínseco
respalda minha capacidade de enfrentar o desconhecido.

FOLHAS AO VENTO
Dina Fortes

Vento que sopra os meus galhos
um tanto busca de um atalho
Chacoalhando todo o meu ser
Liberando as folhas de outono

Como se elas não mais fossem belas
Sacode minhas raízes, liberando novos matizes
Me descabela do que não mais me pertence
Acode-me todinha, livrando das sombras meu caule

Oferecendo a minha prole, nova semente
Assim, despretensiosamente aceitando a oportunidade
Esquecendo a vulnerabilidade em que me encontro
Cordialmente, permita-me renascer

Oh, Cronos, fatias-te o meu tempo,
Em busca de um alento, recupera a minha cor
Curaste a minha dor, agora sigo meu caminho
De encontro à nova reencarnação

Vem, vem, outono, livra-me do autoabandono,
Como folhas secas que se esvaem ao vento
Em cenas de júbilo divino, num combo de renovação
Íntima e plena, lúcido fulgor surge iluminando o meu reviver

FOLHAS FLUTUANTES
Doralice Silva

Lembro dos sonhos para o outono
Parecia distante a chegada nessa estação
Imaginava o colorido que a vida traria
Com quais cores me presentearia.
Quais são os sons de outono?
Quais são os tons do outono?
No rádio ainda ouço música do verão
Nas ruas vejo folhas marrons no chão
Ainda busco a cor da estação.
Seria rosa-alaranjado ou laranja-avermelhado?
O céu brinca com os tons e inadvertidamente
A cada dia presencio um entardecer diferente.
Aquarelados, pincelados, em degradê
Sonhos e lembranças de um Ser.
Afinal, o que pensam as folhas
Quando se deparam com o chão?
Será que têm consciência de que são passageiras?
Enquanto caem inseguras e flutuantes
Em seus voos rasantes,
Às nossas vistas delirantes.
Ou será que se imaginavam raízes
Seguras, firmes, longevas
Ou mesmo árvores, frondosas e seculares
Sendo passado, futuro e presente.

O OUTONO DA VIDA
Edyon Mendonça

Na calada da noite, ela surgiu
Minha família não a pressentiu
Mas logo notei sua presença.
Foram 79 anos abominando-a
Seis do puro anseio, já sem esperança.

Era o outono da vida do homem
Surgindo para levar as folhas secas
Daqueles que viram a inocente juventude primaveril
E o árduo verão, do trabalho, e da aragem.

Minha filha, teme o doce e gentil outono
Eu temo por ela, que aprecia aurora e a primavera
Contudo, anela-me, a mata ferrugem, a calma que não urge
O clima crepuscular que o outono deixa no ar.

Enfim, chegou o que eu estava ansiando
Vi sua face pálida o quarto cruzar
Em um piscar, docemente me beijar, e calmo caí
Em sono profundo, um sono sem sonho, sem despertar...

Assim despenco-me da árvore da vida
E farfalham as folhas que ficam
Com melancólica brisa-choro a ressoar
Ao chão vou me juntar, com quem já vi despencar.

Desprendendo-me do tronco familiar
Do galho que era meu lar
Deixando filha-folia a chorar.

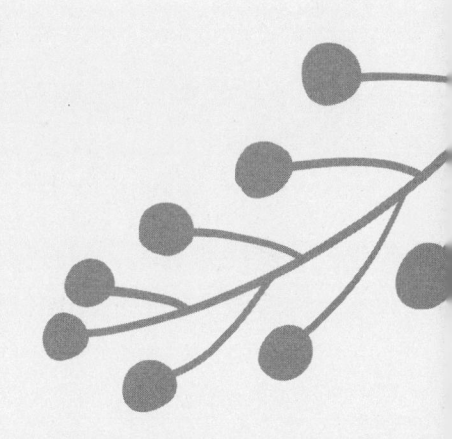

FOLHAS NA ROTINA
Elaine Franco Melo

A luz do Sol do Outono é tão vibrante,
de um alaranjado exuberante, que irradia, realça as cores,
despertando o cair das flores e folhas.

Me pego introspectiva, contemplando a beleza do caminho da rotina,
o futebol da minha cria.
Beirando a mureta da Baía de Guanabara, vejo pequenas ondinhas,
em suas pontas, a luz do Sol brilha, irradia.
O movimento calmo das águas ampara os pequenos barcos
ancorados.

É sempre, quase, quatro da tarde.
A tarde de Outono, que brilha majestosamente grandiosa, alarde.
O céu, de um azul tão profundo, tão longe.
Não há nuvens, mas lá longe há montanhas,
onde se faz neblina, elas se escondem.
Puxo uma cadeira, me assento, contemplo o tempo ameno
e o jogo do rebento.

Agora, quase cinco, futebol acabando, fim da tarde chegando,
o sol se esconde. Folhas no chão, aos montes.

As águas da Baía de Guanabara me encantam
em um azul que não estava antes.
Densas, elas se movimentam de maneira envolvente, incitante.
Crescem com o azul do céu, distante.

A maré enche, o tempo se preenche.
Pescadores recolhem, estendem suas redes.
E agora é o caminho de voltar para a rotina da gente.

É OUTONO OUTRA VEZ
Ella Rocha

Acabou o nosso verão,
É outono outra vez!
Estou dividida, em transição
Entre o teu calor e a fria viuvez.

Teu sol se esconde em abandonos frequentes
Tua morte gradiente traz menos energia ao meu coração
E a tristeza oxida, amarela, as vastas reminiscências
que, aturdidas, dilaceram os frutos do nosso amor pelo chão.

Nosso outono de tons alaranjados, enferrujados, indica a decadência
E a fraqueza de um sentimento profundo
Que hibernou na displicência
Da falta de atenção ao nosso florismundo.

O globo gira e os hemisférios partem no equador
Há um declínio voraz no clima
Me preparo para o inverno da dor
Pedindo clemência ao Divino que tudo vê lá de cima.

É hora de me cuidar, estocar mantimentos
E ter a necessária provisão
Para manter irrigadas as raízes dos nobres sentimentos
Que mantêm vivo o coração até a nossa próxima estação.

É outono, entre nós, mais uma vez!

O VAZIO QUE HABITA EM MIM SAÚDA O VAZIO QUE HABITA EM VOCÊ

Elly Melo

O vento sopra e tudo vai ficando distante
cada passo dado remete ao caminho adiante
eu sinto a brisa de outono no rosto
os grãos de areia e a água fria
e, simultaneamente, não há nada
somente vazio e melancolia
Atravessei o oceano nessa busca
Quem eu sou? O que eu quero?
Uma noite acordada para ver o sol nascer
com a esperança de achar um porquê
Apesar da paisagem linda que ali me acometia
senti a minha alma ainda vazia
Talvez encontrar a si mesmo seja uma caminhada sem fim
uma jornada pelas estações
e, assim como as folhas de outono, se permitir cair
Absorvo o ambiente e fecho os olhos
a maresia e os raios de sol me permitem sentir
são alguns segundos suficientes para saber
O mundo é vasto demais para procurar um só porquê
Eu não posso parar, para o próximo nascer e renascer
Devo mudar, me ramificar e reinventar
aprender a dançar com o vazio que está comigo
Oferecer a ele uma caneca de café e o acomodar
Aceitá-lo. E quem sabe assim, viver possa ser divertido.

BRASILIDADES
Enzo Straioto

Pôr do sol, amarelo, laranja e vermelho.
Café e charutos, fim de tarde vem aí.

Ouço a voz de Caetano,
leio os contos de Clarice,
escuto as notas de Heitor,
sinto as cores de Tarsila,
chuto as pedras de Carlos,
aprecio a natureza de Tom,
pinto os desenhos de Oscar,
empino as pipas de Cândido,
vivo a rebeldia de Patrícia,
e me obrigo a ser feliz com Chico e Nara.

As folhas caem,
o chão é tomado por cores e calor.

FIM DE TARDE
Erikka Aquino

No outono eu me perco na magia dourada,
Entre as folhas que dançam na brisa suave,
As árvores sussurram os segredos do tempo,
E a terra está coberta de memórias desbotadas.

Neste ambiente de charme e tranquilidade,
Meu coração aquece com a luz do outono,
E a melancolia se transforma em poesia,
Numa delicada dança de despedida e renascimento.

Entre as folhas douradas dança o olhar calmo,
Refletindo os raios do sol, como uma sobremesa doce.
Teus braços são o abraço do fim de tarde,
Onde o céu é pintado com cores do pôr do sol.

Você é o outono que aquece minha alma,
Como o ar puro que acaricia e acalma.
Eu sinto você como sinto o vento no meu rosto,
Um conforto que transcende, um doce encanto exposto.

Em cada folha caída vejo o brilho dos seus olhos,
Todas as noites, seu abraço me envolve.
Você é o outono em mim, estação de paz e calor,
Assim como o nascer do sol, você é a essência do amor.

AS FOLHAS DE OUTONO
Ero Giffonni — O Poeta do Morro

As folhas das árvores despencam
Como se fosse um surto
A estiagem e a seca chegaram
E o dia fica mais curto

É o outono chegando
Nas águas frias na serra nadam as trutas
Enquanto no pomar vamos apanhando
As mais deliciosas frutas

O calor deu lugar ao frio
Uma temperatura bem mais amena
Ideal para uma pesca à beira do rio
No final de tarde, início de uma noite serena

A colheita é especial
Pelos campos a gente se embrenha
Para ter uma noite aquecida bem normal
Vamos apanhar um feixe de lenha

E as folhas no outono continuam caindo
Parece que todo o solo secou
Outras novas estão surgindo
No lugar daquela que o solo tocou

Quando a estiagem passar
Novas folhas vão brotar
Desafiando o frio estarão no lugar
Nos galhos das árvores até um novo outono chegar

OUTONO EM VERSOS

Evandro Ferreira

Folhas caem como plumas ao vento,
algumas molhadas pelo orvalho da manhã.
A brisa do vento sussurra que lá vai o tempo,
e a introspecção floresce com cheiro de maçã.

Nos arvoredos, paisagens, cheiros e mudanças,
com histórias novas e repletas de esperanças.
A praça se enche de cores, aromas e sabores,
celebrando a estação encantada por novos amores.

Seguimos por um tapete natural cheio de vida,
sob o céu ensolarado com seu brilho profundo.
O tempo suave nos envolve com sua medida,
como um abraço de ternura destemida.

No outono, somos convidados a amar,
a vivenciar o tempo que sempre vai passar.
A esperança sempre renovada e nos leva a refletir,
a pensar no que passou e acreditar no tempo que vem sorrir.

Que o outono nos inspire e nos leve a um recital,
nas suas mágicas transformações sempre no final.
Em cada folha que cai e cobre o chão, sonhamos,
como esse poema escrito para uma estação que amamos.

MÃE IPÊ
Fabrizia

Ela já foi tanto de si quando a vi.
Acenava e sorria... floria tudo por ali.
Seu corpo fino marcava o céu que dormitava angelical, nas tardes de domingo ou em dia casual.
Mostrava seu mundo recebendo o sol matutino do caminho enfolharado, branco, rosa ou amarelado, era outono, com lua de namorado.
Sua idade contava seus galhos.
Despidos de fardagem, aproximavam o antes com o mais além, precisava apenas contar a alguém como tudo a retratava e condizia.
Perdia cor e floração, mas também trazia, na paisagem abençoada, a voz entonada da nova estação.
Fora jovem mãe terna e caridosa de ninhos e amor passageiro, obreira da vida, sementeira do Alto, descansou de pé, com raiz profunda alcançou a fé...
Que fiques sempre por aqui... já vi tanto de ti que te plantei no coração.
Árvore minha e do tempo viajor... Romeira viva da paz e mãe celeste do amor...

HAIKAI NO OUTONO

Fátima Xavier Damasceno

Outono chegou.
Rodopiam ao vento
Folhas miúdas

Marrecos marrons
Grasnam alegremente.
Voam para o sul

Cor cinza-chumbo
Espalha-se no infinito.
O outono chegou

A LIBERDADE QUE A BRISA DO OUTONO ME TRAZ

Felipe Carolino

Sinto a brisa do outono
Logo imagino as folhas secas
Em enormes e organizados montes no chão
Mesmo impedidas, almejando voar
Oh, brisa do outono
Não me deixe como as folhas
Quero voar longe como antes ninguém nunca foi
Igual a uma criança tomando banho de chuva
Ou a um cachorro saltitando nas pernas do dono
Livres
Eu quero ser livre
Oh, outono, me liberte
Pois eu quero voar
Para bem longe...

AMARELO
Fernanda Diniz

Eu aprendi aos poucos a gostar do outono
Ver as folhas caindo
As árvores se desnudando e perdendo sua roupagem
A expectativa do inverno e seus dias cinzentos
Tudo despertava em mim certa melancolia
Até que um dia me encantei pelo amarelo
Passei a me atentar a essa nova roupagem das árvores
Que sempre mudavam de cor antes de desnudarem-se por completo.
Amarelo no contraste com o verde
Belo contraste com o azul do céu
O amarelo tingindo o chão em um tapete de folhas
A vibração do encontro do amarelo das folhas com o amarelo do sol
Amarelo elo com a luz crepuscular
Belo e amarelo
Amarelo e belo
Belo amarelo.
A natureza se veste dessa cor para depois se renovar.
A beleza do amarelo é a beleza da transformação.
Não tenho mais medo do cinza
Permito-me descobrir e sentir
O frio que chega
A luz que muda
A natureza que transforma
Deixo o amarelo iluminar e o outono me inspirar.

OUTONO MEU
Flavia Pascoutto

Outono, outono meu,
O que abrigas em ti, outono meu?

Das muitas memórias
Em mim guardadas
Como ousa despertá-las?

Se levas tão longe
as folhas lançadas ao chão,
Por que trazes contigo
essa brisa de solidão?

Não me iludas, outono meu.

Prometa-me soprar,
em vez de um vento frio,
um amor de voz suave
Que precede um arrepio

AFETO DO OUTONO
Gláucia Trinchão

As folhas do outono caíam lentamente amarelando o chão.
Tapete de folhas mortas ela via pela janela, na solidão.
Era um dia de visita, ela estava ali, debilitada, sofrendo.
O corpo na cama, como as folhas de outono, esmorecendo.
Aquela doce alma inerte, sentindo sua vida por um fio.
O sobreviver ela enfrentava como seu maior desafio.
Naquele lugar, pudor era um sentimento perdido.
Ali, esconder as vergonhas perdeu todo o sentido.
Queria se levantar, se movimentar, e por sua vida lutar.
Uma dolorosa rotina eu estava ali silenciosa a observar.
Um anjo a sentou na cama e agachou à sua frente.
Esperou, paciente, o corpo se acomodar na posição diferente.
Cuidadosamente aquela fragilidade ele, com carinho, observava.
Ela vidrou seu olhar naqueles olhos de quem lhe cuidava.
Um gesto de afago, o vácuo do silêncio se quebrou.
No ritmo da debilidade, o rosto do seu protetor acarinhou.
Aquele momento de afeto no outono congelei na minha mente.
Tão singelo e sincero me fez suspirar de repente.
Gesto angelical de empatia e gratidão, vibrava naquele coração.
Silenciosa imagem esmaecia, no ritmo das folhas que caíam no chão.
Como quem colhe as folhas caídas do outono, contemplei.
Lágrimas molharam o amarelo tapete, enquanto aquela cena admirei.

CICLOS
Glícia Poemago

Nas luzes de outono vê-se a beleza
de tudo que transmuta a Natureza
trazendo a dose certa de emoção
que abraça e abençoa o coração.
Em tudo se recolhe o movimento
a preparar de novo esse momento
em que será inverno que em si gera
a volta de mais uma primavera.
Em nós ocorre coisa semelhante
nas estações do tempo, a cada instante
em que se escolhe um novo amanhecer.
A cada morte ou ciclo que se fecha
se abre uma porta ou uma brecha
pro amor que se recusa a perecer.

AS MUDANÇAS QUE NOS CERCAM
Grazieli Cunha

Queria ser como o outono
As folhas caem, ficam os galhos
Ou, simplesmente, as folhas mudam de cor
A beleza continua...

Começa uma nova estação
De uma maneira diferente
As noites ficam com a temperatura amena
E assim, um novo ciclo se inicia

Estou mudando com o tempo
Não me sinto tão bela como o outono
Nem tão feliz quanto os pássaros nas árvores
Me sinto presa a um galho sem vida.

Seria os dias, os meses, os anos
Seria os problemas, angústias e tristezas
Seria a persistência em algo sem futuro
Sei que mesmo sem rumo, queria ainda ser como as folhas de outono.

TODOS SOMOS FOLHAS
Guilherme Leitz

Queda de diversas folhas, com vários formatos.
Levadas pelo vento, sopradas pra longe.
Ou trazidas pra dentro.
Beleza sem fim, de várias cores.
Aprendizado bom ou ruim, com vários sabores.
Já que a vida sem tempero é sem graça.
Receitamos a positividade, e o negativo sempre passa.

Expressamos o contraste da vida em nosso rosto.
O que compartilhamos, em outras pessoas deixa o gosto.
Marcando o desenho da nossa raiz.
Seja de serenidade ou intensidade.
Vamos ver e sentir o segredo do outono.
Estação da vida que traz o trem da felicidade.
Focar no trilho do nosso ser
E que cada folha que cair traga beleza e singularidade.

AO OLHO RUBRO DO SOL

Hélio Plapler

Outono
Cai uma pena
Cai uma pétala mais
Chora o coração

Amigos
Folhas que caem
No caminho da vida —
Doce memória

Nós
Um galho e uma flor
Ocaso que é acaso
Enlace de amor

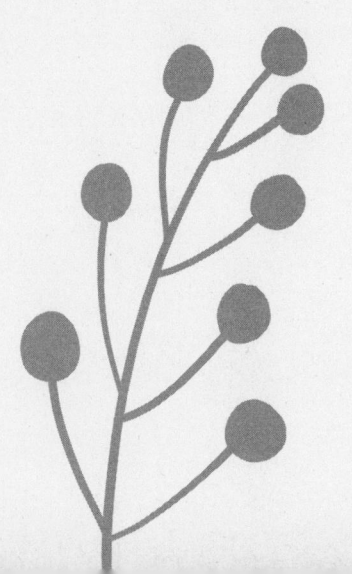

É TÃO LINDO
Hilda Chiquetti Baumann

Outro dia de outono
Choveu até perto das seis horas
Ao som do mar as gaivotas
voaram depois. As florinhas brancas
de pétalas estreladas se levantaram
Sentindo o sol, as gotas de chuva
parecendo cordões de pérolas
brilharam enfeitando a cerca
Da goiabeira, um pássaro
saiu feliz
As penas ainda reviradas
como se saído do ninho
abraçou o espaço
O gato continuou
a dormir na varanda
A visão azul do
infinito seguiu
afirmando
é tudo tão lindo!

CICLO DA VIDA
Hilda Przebiovicz Cantele

O vento que sopra
As folhas da estação caindo
Encobrindo a superfície
Alimentando as árvores
Os pássaros cantando
A chuva caindo sobre a mata
A floresta sorrindo
A natureza agradecendo
Por mais um ciclo
Que se encerra
Enquanto a vida segue
Em movimento.

JORNADA
Íria de Fátima Flório

Encontro-me no outono de minha vida
O calor escaldante que outrora avivava minh'alma
Deu lugar aos nevoeiros e às geadas
Os dias que eram intermináveis tornaram-se mais curtos
Dando lugar a longas noites solitárias
Vejo pela vidraça embaçada
O chão maculado de folhas marrom-ocre
A melancolia toma conta de mim
Saudade de uma história...
Uma lágrima corre silenciosamente
Pelo meu rosto marcado pelo tempo.
Encontro-me no outono de minha vida
Lembro-me de que há muito não faço uma prece
As palmas de minhas mãos se unem
Meus olhos se erguem à procura do firmamento
Neste momento, vislumbro o céu de um azul ímpar
Sinto um raio de sol aquecer meu coração
Olho pela vidraça translúcida
Folhas colorem o chão de amarelo-avermelhado
E apesar de incompletas
As árvores permanecem com suas raízes
Fincadas na terra, inabaláveis
Prontas para florescerem novamente
O ar fresco me revigora
Um leve sorriso brota em meus lábios amargurados
Outras estações virão...

O OUTONO DE UMA VIDA
Iracema Vasconcelos

Dia típico, ambiente urbano,
outonal.
A chuva cai molhando o chão de cimento
O céu coberto,
nuvens cinzentas.

Poucas árvores plantadas, galhos secos
Folhas amarelas, verdes,
Douradas e prateadas, com gotas d'água na calçada
Denunciam a chegada de outra estação

Amores findos, tempo perdido
Filhos não nascidos
Destinos partidos, sonhos não realizados.
Missão cumprida, bem ou mal vivida

No outono da vida
Tudo vai morrendo, pondo à prova:
Renascerá ou não?

Resiste apenas o forte que não cairá
Sob o vento do norte ou do sul.
Lembranças avançam, histórias tão lindas ou,
Desimportantes,
Não há pressa.

No avançar, amigos agasalhos, cabelos grisalhos
Instantes pujantes, cessa a urgência de futuro
O agora é a hora.

Sabedoria no outono é o esperar
A história — feia ou bonita — vai se apagar.

LUISA VEM NO OUTONO

Iris Barros

Esclareço que no outono o sol brinca no céu
Quem nunca assistiu ao rastro rosa deixado no céu outonal?
É poesia para encantar toda a gente
O céu azulzinho convida as garças para bailar no entardecer
É uma ciranda bonita feita sob medida
Foi no outono que conheci Luisa
Ela caminhava distraída observando as folhas avermelhadas no chão
Vinha silenciosa como a manhã
Colhi uma borboleta e soprei na sua direção
Seu vestido florido criou um jardim para a borboleta pousar
O sol chegou pertinho da Terra para iluminar a vida
Tudo estava em seu lugar!
Eu me sentava no banco para esperar Luisa nas manhãs
Todos os dias eu lhe soprava uma borboleta
Todos os dias o sol vinha espiar
Ela rodopiava como as garças nas tardes de sol
Eu assobiava uma canção para eternizar a dança
Um dia, o outono foi embora levando Luisa
Sem final feliz, as borboletas buscaram outras flores
Todos os dias aguardo outro outono chegar
Sento-me no banco esperançando o rastro rosa no céu
E Luisa chegar para dançar a ciranda iluminada pelo sol

CORES DE DESPEDIDA

Isa Fernandes

O outono chega em passos lentos,
Pintando folhas em tons dourados,
Um sopro frio, um tempo extenso,
Reflexos de dias já passados.

Cai a folha, sussurra o vento,
Histórias antigas pelo ar,
São memórias de um momento,
Que o coração insiste em guardar.

A luz do sol, mais suave e branda,
Desvenda sombras no entardecer,
E a alma, em silêncio, demanda,
Um tempo de paz para renascer.

As árvores despem-se em dança,
Num balé de pura contemplação,
É a natureza em sua andança,
Convite à introspecção.

Cada folha ao chão caída,
É um sonho que se despede,
Mas na terra fértil, esquecida,
A promessa de vida cede.

Reflexão de um ciclo eterno,
Que a vida insiste em mostrar,
No frio aconchego do inverno,
Prepara-se para recomeçar.

SINFONIA OUTONAL
Isadora Machado

Sob o tom de Fá Maior
Uma a uma, as folhas beijam o chão
A cada compasso, o adágio soa
Dita o ritmo, revela-se a estação
Para ecoar Elis Regina
As águas de março findaram o verão
Enfim, o outono se insinua
As aves migram, ao lar voltarão
O sol se põe mais cedo
Os dias longos não mais serão
Vivaldi muda o andamento
Allegro agora rege a canção
Tudo se tornará mais intenso
Até a nova transformação
Assim como tudo na vida
O tempo, as dores, as lutas, passarão

RISCOS NA AREIA
Isaias Pagliarini

Porque houve o caminho
Ao suave aconchego do sol entre nuvens mutantes
Que seguem no cume do horizonte plácido,
Entre retalhos de lembranças que chegam no vento
E inferem coisas que o instante traz e (sempre) leva.
O tempo (talvez retido em tintos anuários rotos)
Retorna em ciclos de reversas lembranças.
Nossos pedaços que ficam em cada tenda,
Em cada esquina, em cada vidro que ilumina
Essa vontade que esfria o dorso.
Meros fragmentos de luz levados nos confins da memória.
E ainda que reste essa nuance incerta
De que algum dia perdesse o descortino intenso da aurora,
O brotar silencioso da rosa
Ou a marcha derradeira da festa,
Resta uma centelha intensa
De que, talvez, valeu pelo caminho,
Que ainda punge o pulsar da veia,
Por tanto que lembrei de esquecer
Nos riscos que deixei na areia.

CHUVAS DE OUTONO

Jairo Sousa

Sob o luar outonal, renasce a alegria,
As folhas bailam à melodia,
O vento sussurra segredos,
Murmura sentimentos,
Confessa fraquezas
E embala as flores...
Sob o luar outonal, a chuva acaricia,
Beija,
Encharca e fertiliza
A terra seca...
Sob o luar outonal, a brisa acalenta a alma
Traz a chuva prometida
E o riso livre e contente.
Sob o luar outonal, chove.
Chove a chuva perfeita,
Chove a chuva esperada,
Chove a chuva que escorrega do céu
E se espalha abraçando o solo
Fertilizando-o com seu amor.
Vem, chuva, vem!

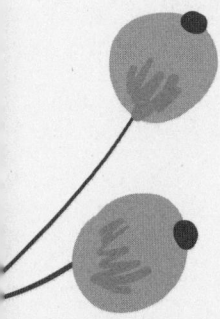

OUTONO SEM PUDOR
Jane Barros de Melo

As nuvens desabrocharam,
e um outono de tons suaves
se desprendeu do denso manto verde.

O ar está mais fresco, com recordações,
promessas e reencontros.
As folhas douradas dançam
ao som dos ventos durante a estação.

Sempre em busca do desconhecido,
as poesias incompletas
que já não têm sentido
são segredos que o tempo levou.

Sob a luz do sol poente
e os abraços aquecidos,
vejo as árvores se despindo sem pudor.

Senhor outono,
tu és misterioso,
sedutor.

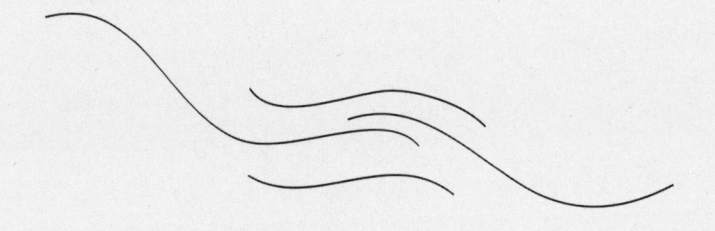

OUTONO

Jeanette Barbosa

As folhas amarelo-ouro dispostas em desarmonia no chão.
A vegetação vai, devagarinho, perdendo sua vestes.
A árvore mansa e solene resigna-se
Ante o artista excêntrico que a quer nua.

E, lentamente, o outono é pintado
Magistralmente e sem pudor
Pela mão natural.

OUTONO
João Bosco Marques da Cunha

O outono oferece
Ótimas opções olfativas
Observe o orvalho

Ornamentam os opulentos
Orquidários onipresentes
Ostentam odores ovacionados

Oniricamente orgulhosos
Oferecem opções odorantes

PASSAGEM

João Henriques de Sousa Júnior

Ah, o outono...
Que estação tão singular, tão única!
Estação que desperta sentimentos,
Que indica movimentos.

Estação que nos lembra a vida
Que, assim como as estações, possui ciclos.
E os ciclos nada mais são do que recortes,
Inícios e fins que nos fazem mais fortes.

O outono é, nessa conjuntura, o meio.
Um momento de passagem,
Sem a vibração extasiante do verão,
Nem a sobriedade do inverno à imagem.

O outono é o amarelado do final de todo dia,
O pôr do sol entre as estações.
"Sempre igual", como diziam Sandy e Junior,
No rito e processo das transações.

No fim, o outono é a representação
De todos os processos da nossa vida.
Ele indica nas árvores a renovação,
E, em nós, o que vem em seguida.

Todo outono indica mudar
Toda mudança requer esperar
A espera precede o confiar e acreditar
Que a vida vai melhorar quando a próxima estação chegar!

MAIS FORTE, INTENSO
João Loures Ribeiro

De todo o pequeno detalhe seco, era você o melhor
Sua veia em mim pulsou sangue desbotado
Secou as lágrimas de quando não éramos nós
Nós, tão separados quanto os ventos

Eles preservavam a forma da árvore, mas levavam as folhas
Onde escrevemos mesmo nossos nomes?
Fugiu de nós a memória
Quando me sentia um com você

Só me lembro disso, você e eu
Mas se acalme, o sonho seco, sem folhas, volta
Ele nos dá sentido e lembrança
De que meses à frente o frio que vem, vai

E volta para outro canto do mundo
Ele gira e volta, o vento derruba a folha
A folha cai de seus cabelos, que levados pelo vento
Emulam o movimento do mar

Falando lucidamente sobre sentimentos
Internalizando em mim seu amor
Para que a energia da folha caída seja em mim

O que não pertencia mais
Me ama mais, não esperava
Amar tanto assim

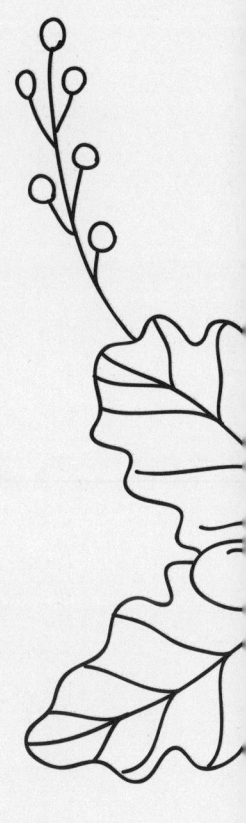

TARDE DE DOMINGO
Jonas Martins

Um abraço aconchegante que se confunde ao calor do dia.
Sozinho em seu momento de descanso.
Assim seria, caso não fosse o espanto.
Espanto pelo novo, pelo povo. Pela existência.
A temperatura traz a anunciação.
Responsável pelos prantos: coloração.
Assim está disposto o jogo, cuja única regra é o viver.
Viver; Sofrer; Nascer; Morrer.
Todos amigos do ser, sinônimo da criatura.
Sol brilha em seus olhos. Vento dança em seu cabelo.
Seu pensamento está longe, bem longe.
Arrojado em uma tarde deliciosamente inquietante.
Pego em flagrante no seu delito de amar.
Amar um período mais brando. Leve; Doce; Manco.
Como um momento de descanso.
Experimentado pelo corpo por todos os cantos.
Uma vida sem quina.
Por tantos ele se aproxima. Inevitável é sua presença.
Desponta pela esquina, desloca na avenida e converte em mim.
Neste domingo sem fim, pego-me enfim na companhia do outono.
Igualmente ao tempo da transição, trânsito em meus períodos.
A vida é uma estação. Cada qual com sua essência.
Lembranças vêm, folhas transbordam.

LAÇO SENSUAL
Jorge Bernardino de Azevedo

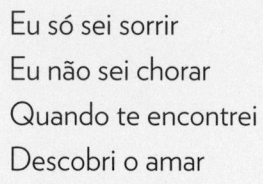

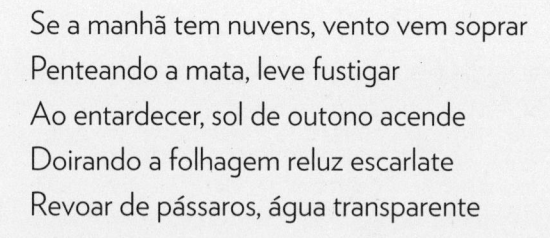

Eu só sei sorrir
Eu não sei chorar
Quando te encontrei
Descobri o amar

Se a manhã tem nuvens, vento vem soprar
Penteando a mata, leve fustigar
Ao entardecer, sol de outono acende
Doirando a folhagem reluz escarlate
Revoar de pássaros, água transparente

Eita laço forte, a nossa paixão
Me pegou de jeito
Quis fugir, não deixo
Então vou vivendo esse turbilhão

Se eu não te tenho
Fica só o desejo
Te desenho em sonhos
Sinto até teus beijos

Meu corpo te chama
Coração dispara
Dias sobre os dias, horas sobre as horas
O nosso encontro, qualquer estação
Esse teu sorriso, que faz até outono se tornar verão

LUA CHEIA

Josemeire Dias

Olho fixamente a lua no céu
A minha Lua me olha atenta
A luz ao seu redor ilumina a noite
Minha Lua serelepe corre saltitante
As nuvens brincam com o luar
Clareia e escurece, parecendo um véu
Está tímida e esconde atrás da planta
A lua do alto está distante
Em meus devaneios escuto miar
Meu coração orvalha feito fel
Levanto o olhar procurando, indiferente
A lua brilha mais intensa, parece dia
Enquanto minha Lua brinca alegremente
Em minha direção vem me amar
Oh, lua, agora você está a cor do mel
Ao seu redor uma galáxia contagia
Prata, branco, amarelo, laranja, azul...

RENOVAÇÃO

Josy Lamenza

Antes de se despedir e se lançar
as folhas se vestem com suas melhores cores.
Mostram toda a sua beleza,
atraem olhares admirados.
E só então se soltam...
Não é uma queda, é um voo.
Pousam suavemente na terra
aguardando serem acolhidas, incorporadas.
Elas completam seu círculo
enquanto o tronco, firme,
resiste à sua ausência
se nutre de sua essência
e aguarda o momento
— o tempo certo —
de voltar a desabrochar.

AS ROSAS AMARELAS DO OUTONO
Jovina Benigno

Peço-te suspiro, não me perguntes o porquê
minhas pestanas de neve em meu outono carnal
ainda levam meus versos à Roma incendiada dos desejos.
sou delicada consigo, nunca arlequim zombando da dor
dos acúleos da carne em tua carne, sou toda primavera outonal
aprofundando raízes que floram afeições.

Minhas feições, leves como as rosas amarelas
suspensas no rio ou deitadas no meu colo de
amante, herança tua da paixão.

Quando não estavas, o deserto no coração
enterrava-me os dias.
Os grãos da graça morriam da aridez sem esperanças,
antes de germinarem sensações.
somente olhar o céu e ver andorinhas em bandos,
ouvir a canção que te dediquei antes de acariciar
teus lábios com minha língua, doce de paixão,
umedeceram o que do meu corpo já era teu.

O amor, por vezes muitas, é doce máscara da vilania
flora à mercê da lagarta-rosada de nossos repentes.
Repreendo a saudade que turva a memória das décadas
quentes do verão de nossas vidas:
— aquieta-te pois, saudade, e deixe livre o sanguinho
dos meus poemas no arrastamento de meus pés.

VALSES E ROTEIROS
Jucelino Gabriel da Cruz

Avessa às estações, a quem decifrar ouse
Ora calma, logo, em outro roteiro e pose
Eis a vida humana: ying, yang e cicatrizes
Folhas rabiscadas, secas — em mil matizes

E não há pausa em seus manuais e roteiros
Como não há causa para rasgá-los inteiros
Se oculta finais, revela reinícios que alcança
Quando nas folhas de outono, vê voo e dança

Folhas e valsas se outonam — tudo se outona
Onde há chão, folhas secas podem vir à tona
Se portas cerradas, teimam entrar pela janela
Roteiros rendidos — soldados sem sentinela

Após *valses* tantos e avatares descartáveis
É tua a caneta, teus desfechos inegociáveis
Maestro, filarmônica, melodia e partitura
Valseia e sorria, tu e a vida — à tua altura

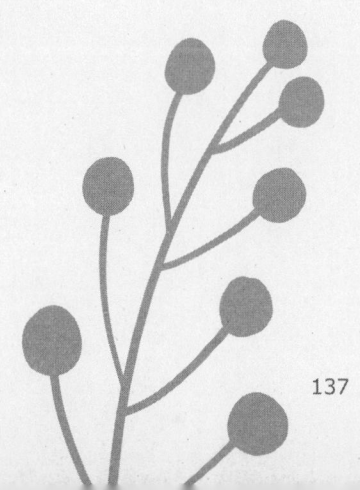

EU FALO EM SONETOUNO!
Jujuliano

Quem fala a língua do outono?
Disseram que língua não tem dono,
Mas essa é uma língua da natureza,
Não é grande sua beleza?

Quem fala a língua do outono?
Ela é trazida com os ventos
Que levam o calor do momento
Mesmo que eu não saiba como

Escolher entre consoante e vogal
Quando essas folhas caem, afinal?
Então de novo questionei,

Quem fala a língua do outono?
Disseram que língua não tem dono,
Nem mesmo predicado ou sujeito
Seus verbos mostram passar do tempo,
Som da natureza ou sentimento.

VENDAVAL
Júlia de Rossi

Amor nosso de outono
Se espalha no vendaval
Em que leva consigo o que se deixa ir
O esquecimento, as roupas no varal

Só não leva embora o que há peito adentro
Tudo aquilo de visceral;
Amor de outono não é coisa de estação
Feito amor de carnaval

Meu alicerce, meu corpo
Nu ou coberto: natural
Amor é de toda e qualquer forma
Sem limite, sem igual.

ESTAÇÃO DE OUTONO

Juliano Leão

No outono, a brisa sussurra segredos,
Folhas dançam em um balé de cores,
O sol se despede em tons dourados,
E a terra se veste de novos amores.

Caminhos forrados de folhas caídas,
Tapetes de sonhos, memórias vividas.
O ar tem um cheiro de doce saudade,
E o tempo parece ter mais suavidade.

Galhos desnudos, em prece ao céu,
Desenham silhuetas em um tom de mel.
A natureza se rende à transformação,
Porque tudo na vida é pura transição.

O crepúsculo pinta o horizonte de fogo,
E as noites chegam com um abraço
Mais longo, as estrelas cintilam em
Um véu de mistério.

E assim, entre cores e melodias, o
Outono nos ensina, dia após dia,
A valorizarmos mais a vida, sendo
Gratos a Deus de coração.

Outono, estação de introspecção,
Onde a alma encontra sua canção,
Em cada folha que ao chão se entrega,
Há um poema que o vento carrega.

TRANSIÇÃO
Julio Goes

Outono, tempo em que a natureza se deprime, céu cinza, chuva, tempo, rio
Frutos, frutas, folhas caídas, nudez, insensatez...
Vidas dos quarentões, folhas caídas, nudez vivida, frio
Crises, tempo e estações esvaídas, idas, expectativas, incertezas, calafrio
Véspera de inverno, saudade dos verões, crise, assim a natureza se expressa, assim o ser humano sente!
Transição...

ECOS DE OUTONO
Kamilla Godoy

Teu ser se vestiu de dourado e carmesim, gracioso,
Sopro fugaz, dançando uma beleza passageira.
Entre o profuso e o parco, o equilíbrio é venturoso,
Na natureza, a mudança é sua companheira.

Cada folha caída era um adeus breve, pesaroso
Um sussurro do tempo em seu caminhar meritoso.
Enquanto te regava, a brisa suave, leve e efêmera
Levava consigo o teu lento suspirar de primavera.

Cada dia uma vitória, não se importava, amena,
Com as folhas caídas, celebrava com alma plena.
Enquanto eu só lutava, você vivia intensamente,
Trazendo, em sua essência, um espírito ardente.

Tentei conter as tempestades da tristeza,
Mas tua longa dança com o outono era lei.
Vivi cada dia como uma sólida fortaleza,
Aceitando o destino que então se fez rei.

A última folha ao chão em silêncio repousou,
E o vazio deixou-me em amarga canção.
Notas ocres que o vento ao céu murmurou,
Levando teu ser a uma nova estação.

Pensei ser o fim, rica vida se esvaindo,
Mas era somente o tempo calmo sorrindo.
O outono é sepulcro e serena sublimação
E entendo enfim: eternidade é transformação.

ESTAÇÕES DAS EMOÇÕES
Karina Zeferino

Diminuem-se as chamas
A exaltação descansa
O verão cede o lugar
À estação em que a vida avança
No passado ficam as lembranças
De um tempo em que havia esperanças
Aprendizados gerados da dor
Recordações que envolvem amor

O inverno abaixa a temperatura e as emoções
Deixa mais fria também as sensações
Solidão, ansiedade, preocupação
Chegam invadindo quem não tem atenção
No futuro não ajuda a pensar
Tem muito tempo até chegar lá
Se a mente alcança essa distância
Faz do corpo refém da insegurança

Entre frio e calor vem a brisa suave e úmida
Que estabiliza a ansiedade temida
Folhas dançando ao som do vento
Trazem paz e acalento
Sem abandonar o calor do passado
Nem deixar de planejar o frio do futuro
Enfrento, enfeito, aproveito e aceito
O presente da presença... do outono perfeito!

"TE AMO, SE CUIDA."
Kate Batista

Não que aquele tempo fosse triste,
seria doloroso a partir de então.
Nunca corri tanto para te ver;
corri à toa, não tive seu abraço,
nem o afago das mãos enrugadas.

Era início de abril, já esfriava,
folhas decíduas em diferentes tons.
Eu era a única que não via o chão?

Me ensinou a amar muito,
e esse amor ficou vazio.
Na dor, transformei em abandono;
tive que reaprender a sentir.

Mas nem tudo desaprendi.
Dos sabores e odores,
sinto falta do cheiro
de pimenta, alho e cominho.
Mas ainda era abril.
Eu precisava ver as folhas no chão.
Havia chão, e eu precisava vê-lo.

OUTONO DA VIDA...
ESPELHO DO TEMPO...

Kátia Cairo

Ao olhar atentamente para o teu reflexo no espelho auspicioso do tempo, vê-se inscritas no teu cabelo prateado, nas linhas e sulcos da tua face, nos teus olhos tão expressivos as marcas que registram com nitidez a tua história.

Percebe-se claramente o sorriso franco de criança, tua risada solta... os teus medos, tua coragem e tua tristeza também... os sonhos da juventude... o pulsar alegre e apaixonado deste teu coracão tão sensível!... Tuas lutas, tantos planos, amores, frustrações, desejos, dores e desilusões.

Todos esses anseios, sentimentos e sensações permanecem ainda vivos em ti, uma vez que ninguém abre mão de si mesmo por estar envelhecendo...
O velho não substitui o homem!
O velho é o homem!!

Assim como o balé das folhas douradas do
outono representa uma das mais belas expressões da natureza, o outono da vida renova em muitas pessoas a vontade de viver intensamente cada momento de modo a confirmar o verdadeiro significado da própria existência!

MEMÓRIA NO OUTONO

Kênia Lopes

Olho demoradamente para as minhas mãos,
meus cabelos, a pele que me veste.
Olho o pescoço e penso
que ali fala do tempo mais que em outros lugares.
Me espevito como a buscar esticar-me;
dei de esconder esse pedaço de pele com as mãos,
sempre encaracoladas a amparar a queda das folhas
no outono do meu corpo espreitando tempo.
Árvores verão novas folhas desabotoadas em seus galhos.
Eu não sou como as folhas
que caiam chãos de amarelo para verdejar noutras que virão.
Ganhei essa pele descansando arrebatada,
esbarrando nos pés trapaceiros.
Como dançam!
Passam a perna na dor das horas,
ensaiando coreografias alegres.
Não remoçarei, mas não passarei frio.
O tempo me fará coberta de peles
a aquecer-me para o inverno dos meus dias...

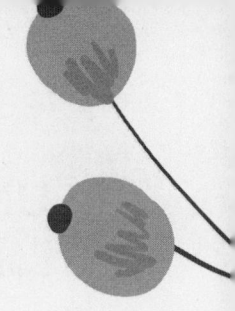

UM AMOR DE OUTONO
Laíla Figueirêdo

Lá fora tem folhas secas pelo chão
Um céu mais laranja ao fim do dia
Aqui dentro as coisas têm mais magia
Como um orvalho no sertão.

Fiz do outono a minha estação
Sem saber que o amor nela viria
Forte, puro, em suave melodia
E faria morada em meu coração.

Um amor de outono, nosso amor conexão
Um encontro de alma, de pele, de energia
Que parecia até que o futuro já sabia
Mas a gente ainda não.

Nossos olhares eram imensidão
Tanta coisa que na palavra não cabia
Nosso beijo com sabor de poesia
Nosso abraço com aconchego de canção.

O nosso amor ficou na estação
E você se foi sem dizer que iria
Desde aquele estranho dia
Pensei que fosse te esquecer, mas não.

VENTOS DE OUTONO
Léo Souza

Ventos de outono retornam do sono, retomam o seu lugar
Dão asas à delicada folha, realizam seu sonho de voar
Levam aos céus a edição de um dia qualquer
Do jornal que alguém transformou em lar
Ventos de outono retornam do sono, retomam o seu lugar
O diário volta a se abrir, palavras anseiam se eternizar
Quimeras outrora adormecidas,
O amor, é claro, também retoma o seu lugar!
Ventos de outono retornam do sono, retomam o seu lugar
Coram as faces da menina, observando a magia vespertina
Do dia que não tarda a findar
Sem antes despertar o sorriso, pureza resumida no olhar!
Ah, ventos de outono retornam do sono, retomam o seu lugar!

SUAVE ESTAÇÃO

Lia Fátima

As folhas voam, o outono chegou
Natureza nos brinda em sua renovação
Ao sabor do vento a árvore se desnudou
Símbolo emblemático da charmosa estação

Novos ares propiciam mais inspiração
Escrevem os poetas sobre o que mudou
As folhas voam, o outono chegou
Natureza nos brinda em sua renovação

Um cenário bucólico aqui se emoldurou
O farfalhar das folhas secas soltas no chão
Misto de cor e leveza que sempre me cativou
Minha alma se alegra diante dessa visão
As folhas voam, o outono chegou

CHEIRO DE OUTONO
Líver Roque

As gotas d'água da chuva caem com um barulho gostoso
Molham a terra ressequida à espera para se revigorar
Trazem do céu as alvíssaras dos novos tempos
Da nova estação que se anuncia e se faz sentir.

O céu está carrancudo, e de olhos fechados,
Deixa suas lágrimas de saudade caírem abundantes
Tem saudade de quê o céu?
Quiçá saudades do verão que se foi
E deixou um resto de seu calor.

As lágrimas caem na terra seca lá fora
Da cozinha vem o cheiro do café fresquinho
De pão de queijo recém-assado
A vidraça está cheia dos pingos que caem.

As folhas gentilmente sopradas pelo vento
Caem na terra e a fecundam
As árvores todas já estão nuas
E, dessa nudez tão anunciada,
Desejada, aguardada, esperada com silencioso afã,
Brotará a vida exuberante e renovada.

Estação alvissareira de novos frutos
Natureza grávida de nova vida
As flores e os frutos virão um dia
E encherão de cores e aromas e sabores e delícias
A nova estação que se nos anuncia.

ESSÊNCIA, LUZ E SOMBRAS DO OUTONO

Lia Victorino

Existe no soprar do vento um movimento indelével que baila
Caminha inversamente alheio
E sem se importar com o desnudar das árvores,
passa ligeiro e cobre o chão com folhas e flores,
que culpam o astro-rei pela melancolia dos dias
permeados pela escassez dos seus raios

Viver é preciso ainda que seus galhos pareçam dizer não
As folhas de outono sabem que a aparente queda
dignamente aponta um ato de amor
de quem prefere se afastar
para dar boas-vindas aos frutos de uma nova estação

Minhas folhas de outono estão avermelhadas
e a vida precisa se perpetuar
O tempo caminha oculto por uma superfície prateada e fosca
nem todas as marcas e linhas desta arvore são refletidas
O sol nunca se deixará intimidar pelo descontentamento
das folhas de outono caídas ao chão

Viver é morrer um pouco a cada dia,
e a cada estação manter a sua essência
Como as folhas de outono não me incomodo
caminhar sem perceber o percurso inverso todos os dias

Há nítido vigor e brilho no retorno para mim,
como um caule cheio de vida, tenro,
que necessita mudar as suas folhas e renascer

OUTONO DE SUA CIDADE
Loanda Abdon

Os teus cabelos cor de outono
Que outrora afaguei com minha mão
Agora me trazem a dor do abandono
Da distância e da solidão

Um oceano define nossa distância
O teu outono é de setembro a dezembro
De março a junho é o meu
Resta ainda a lembrança do outono de nossa infância

A gente sentia o soprar do vento
E com ele a mudança do tempo
Apreciávamos ver aquelas cores
Esquecendo-nos de nossas dores

Tinha aquele chocolate-quente
Que a vovó sempre fazia pra gente
E no quintal folhas de tantos tipos
Coloridas, que guardamos em nossos livros

Eu sei que a gente cresce
Mas a gente nunca se esquece
Daqueles que tanto amamos
Nos outonos de todos os anos

Do seu cabelo cor de outono
Restou em mim a saudade
Seja feliz onde você estiver
No outono de sua cidade

NOITES DE OUTONO
Lorena Bárbara da Rocha Ribeiro

A noite hoje foi chuvosa,
De um jeito que a gente não gosta.
No outono, os dias ficam, sei lá, "coisados"...
É muita água batendo no telhado.
E por falar em telhado, lembrei-me de algo.
Era seu cheiro invadindo meu quarto,
O seu sorriso iluminando a noite nublada e sem graça.
Lembrei de quando só o seu "boa-noite" bastava.
Mas não basta mais. Acho que nunca bastou.
Quanto mais chove, mais eu quero sentir seu calor...
Mais eu quero te aquecer e, logo, te imagino deitada em meu colo.
Te ouço contar sobre seu dia,
Enquanto acaricio tuas costas...
Você me olha... eu te olho.
Você sorri... eu sorrio.
A chuva continua caindo
E percebo que foi só mais um sonho lindo.

AO AMANHECER, UM DIA
Luciana Éboli

A mala na mão e um suspiro
suave raio de sol teima em entrar
fresta brilhante na neblina
a porta range, se abre
destrava-se o mundo
o vento intruso
abraça e alenta

(no jardim ao lado um cachorro
dorme alheio a qualquer dor
e a árvore desfolhada permanece em seu devir.)

Num movimento de silêncio solene
desce o degrau devagar
o rastro de folhas secas
cria desenhos em esteiras douradas
pisa em nuvens, esconde lembranças
o chão anestesia os passos
ecos de esperança e frescor, apesar de tudo

o fim é o início
mais uma vez.

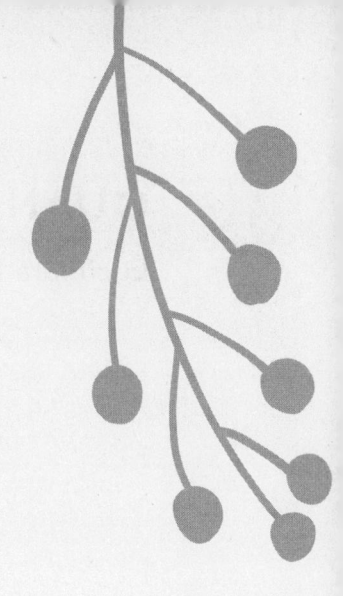

QUANDO O OUTONO CHEGAR

Lucimara Paz

Quando o outono chegar
Vou correr pelos campos
Sentir a brisa fria em meu rosto
E abraçar o vento
E ele sussurrará segredos em meu ouvido
E eu em resposta,
Entoarei meus versos
Num tom atrevido!

Quando o outono chegar
Vou sentir o ar fresco da manhã
Respirar a brisa suave
Da chuva que cai
E o perfume de terra molhada
Vou caminhar por trilhas
De folhas caídas das árvores
Me despertando memórias há muito vividas.

Quando o outono chegar
Vou contemplar o sol ao entardecer
E as estrelas que surgem no crepúsculo
Damas de honra a cintilar
Pontilhando o firmamento
E a lua, que surge majestosa
Suspensa no céu em noites de outono
Num ápice de luz e rara beleza!

LITURGIA DA CONSAGRAÇÃO

Ludmila Saharovsky

Gesto-te, sangue de meu sangue, meu poema
e teu canto me alcança quando o meu se cala.
É para dizer-te que eu existo.
És a raiz de todas as palavras que me habitam.
E eu te nomeio, apenas, para que me fecundes
com o fogo do teu verbo vivo.
Ele que consagra a noite com o mesmo dom
velado com que sangra o dia.
Sorvo tuas palavras nesse outono
que se transformam em pão em minha boca
e então...
Sento-me à mesa e te comungo
nessa liturgia da consagração
em que o poema se faz carne e me habita.

MEMÓRIA
Luiz Carlos de Andrade

Folhas sem chão
Folhas sem cor
Nada de outono

OUTONO DA EXISTÊNCIA
Luiz Octavio Moraes

Chega de mansinho sem perturbar
Invade minha sala sem mal-estar
Percebo no ar que ele chegou para ficar
Mas sem tanta precisão e no momento vão
Que não sei como explicar ao coração
Tudo o que meus cílios sem piscar
Lhe conferem gratidão
Esse é o meu outono da verdade e da razão

NO AMANHÃ DE OUTONO

Marcela Lima

Tudo fica para o amanhã:
O sol, a alegria, os encontros.
Hoje! É o cair do outono —
Minhas sombras, minhas dores, minha cura.
Meus pés continuam a caminhar
Pois o corpo ainda necessita de paz.
Mas a alma grita!
Sussurra pelos caminhos a possibilidade da vida —
Do existir na minha pequena incompletude.
O ser se moldando e fazendo-se sentido
na realização de sua inteireza.
Verdades me libertam. Mas, antes, doem!
Se haverá amor, não sei.
Se haverá mãos deslizando pelos meus longos cabelos,
Também não sei.
Ah! Essas carícias de ondulações...
Mas sei que existirá um "eu" de mim.
E, em mim, algo surpreendente virá me descobrir.
(Eis a força do outono)
No amanhã, a alma não mais grita.
Mas respira com o pulsar dos dedos
Ao deslizar e acariciar o mundo.
No amanhã, para o amanhã —
Minha estação mais bonita.

PÁSSARO SOLITÁRIO

Marcelo Moretto

Hoje não chove
Poucos passos na calçada
Tantas folhas no chão.
Sem lágrimas a esconder
Ao som desses passos
Repasso lembranças
De um outono sofrido
Sinto uma saudade enorme
Do que poderia ter sido.
São lágrimas a escorrer
Paro, e reparo,
Que os pássaros,
Solidários, já não cantam.
Sigo, então, solitário
Memórias já não me encantam.
Da tua insondável beleza
Restou minha infinita tristeza.
Sabedor que o lugar
Do nosso encontro
Ficou para mais tarde.
Sabendo, com que dor,
Que talvez, para nunca mais...

FOLHAS DE OUTONO
Márcia Abrantes

As folhas de outono
desprendem-se despreocupadas
e pousam nas mãos
de um vento evasivo.
É chegado o momento
de serem admiradas...
Na leveza das suas cores
marrom-alaranjadas deslizam
num raio de sol dourado,
serenas, suaves,
anunciando sonhos
de uma nova estação,
aptos a se realizarem.

O ENTARDECER DA VIDA

Marcia Bittencourt

Entre os resquícios de verdes falhos,
a secura dos galhos...
sobressai.
Se torna, a terra, seca e fria.
Ao canto solitário da cotovia,
A tarde cai.

Caem meus olhos cansados,
no entardecer da vida.
Sonhos realizados,
Paixões sentidas.
Inflo o peito;
O coração transborda.
O sentimento de ter feito tudo direito,
Tendo nas mãos a cornucópia preenchida até a borda.

No entardecer do dia,
junto a gente querida.
O outono nos presenteia com fartura:
Sonhos... trabalho... família...
Colhemos o fruto da nossa semeadura,
No entardecer da vida.

MANHÃS DE OUTONO
Márcia Sabino

Março termina com as chuvas de verão
Nasce outono então, ar puro, forte, frio
Das árvores folhas caem lentamente
Lavando-as, adubando o chão
Crepúsculo de outono, frescor esperado
Frutos benditos, amor ardente carregado de paixão
Românticos andam abraçados pelas manhãs
Um corpo aquece o outro
Nessa estação a caridade desperta
Amor ao próximo torna-se folhas secas
Temperando corações

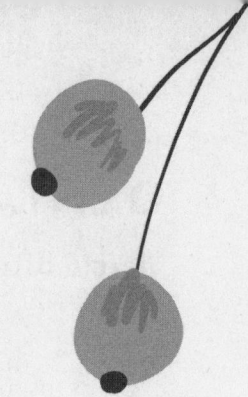

ÚTERO DE OUTONO

Marcos Marcelo Lírio

Meu Deus
ajude-me a escrever como as mulheres
que emprestam seus úteros às palavras
que fazem parir segredos de coisas inanimadas
ajude-me a escolher cada palavra nas linhas infernais de
meu caderno que exalam folhas de outono

É SEMPRE OUTONO EM DUBLIN

Marcos Roberto Machado

Era agosto, ainda verão, mas nem verão parecia ser
Aquele céu cinzento de Dublin já anunciava o outono
De todos os céus possíveis, aquele era o mais repetitivo
Monótono e melancólico, um prelúdio da estação iminente

Ele era assim, chegava como se não tivesse ido,
misturava-se, como se hábito fosse
Cobria as ruas com mantos alaranjados,
Despia as árvores, que, nuas, se rendiam ao sono profundo!

No St. Stephen's Green Park, os galhos erguiam-se ao céu
O vento sussurrava entre eles uma música de acalanto
Os brasileiros se agasalhavam, os dublinenses se divertiam
Não está frio, ainda é verão — dizem estes, sob a neblina gélida!

Já escureceu, e não era sem tempo, dias curtos, noites frias
Os pubs do Temple Bar ofereciam refúgio e uma boa pint
Ao ritmo de uma canção tradicional, os co(r)pos se enchiam
Risadas ecoavam lá dentro, vento e chuva davam o tom lá fora

No outono em Dublin não há contraste,
É frio, é úmido, é cinza, é laranja,
É o ano todo.

A cidade se adapta, como se outono sempre fosse
E no vai e vem do Luas, a vida segue seu fluxo
E nós, estudantes-imigrantes, nesse enredo outonal,
Seguimos o caminho do nosso emprego *part-time*.

NO OUTONO
Marcus Nobre

No hemisfério norte, é primavera
No hemisfério sul, é outono
O tempo do calvário
A época da Páscoa

Em que Jesus Cristo nos mostrou
O caminho da salvação
Arrepender-se dos pecados
Carregar a nossa cruz
E seguir os teus passos

Ressuscitou ao terceiro dia
Confirmando a vida futura
Ascendeu e enviou o Consolador
Prometido aos seus discípulos
Que é o mesmo de nossos dias

Os apóstolos foram então
Mergulhados no Santo Espírito
Que representava a eclosão
De fenômenos psíquicos

Foi no dia de Pentecostes
Que celebramos no outono
Que Pedro e seus companheiros
Inspirados, anunciaram o Reino
Converteram três mil almas
E profetizaram sobre os dias atuais.

TRANSIÇÃO

Margareth Bruno

Nesta estação, vivo entre o nascer e morrer
Temo a chegada do ocaso e entrego meu coração
Tento entender o significado deste momento de transição
E para suportar os dias sem o cantar dos pássaros
Vejo o pôr do sol tão belo como as folhas douradas no jardim
Mas vem a brisa e balança vagamente meus pensamentos
Tal situação domina meus sentimentos e causa calafrios na alma
Contemplo tudo ao meu redor, falo, grito e silencio
Me envolvo em memórias guardadas e esquecidas
E lembro de tudo que plantei, tendo a certeza do que colherei
Os raios de esperança e paz invadem meu coração
Esse período de transição é balanço e significado do passado
É preparo para o futuro frio, inevitável e incerto
É entender que a vida é cíclica e subjetiva
Com experiência, recolhimento e renovação em cada estação

TEMPO RUIM
Mari Rochaes

Hoje faz frio
no meu jardim
a voz do vazio
presa em mim

Olho lá dentro:
chuva e vento
quiçá o tempo
mude no fim

FAZ FRIO

Maria de Lurdes Rech

Faz frio no solo rio-grandense
Faz frio em cada telhado submerso
Faz frio em cada árvore derrubada
Faz frio em cada ponte caída
Faz frio em cada cidade destruída
Faz frio no colo da mãe órfã do filho
Faz frio no coração do filho órfão dos pais
Faz frio a quem sente fome e sede
Faz frio no pelo do quatro patas extraviado
Faz frio no corpo do cavalo Caramelo
Faz frio na escola sem aprendiz e sem livros
Faz frio na Capital dos Pampas inundada
Faz frio na alma do povo gaúcho
Faz frio na saúde física e mental do cidadão
Faz frio em cada álbum de fotos perdido
Faz frio na solidão do rio devastado
Faz frio nos poros dos milhares de flagelados
Faz frio em todos os recantos desse rincão
Faz frio neste outono de semblante triste
Faz frio em todo lugar
Faz frio faz frio faz frio
Faz muito frio.

DESFOLHAMENTO

Maria Louzada

Me sentei debaixo desta árvore desfolhada, fiz meu pequeno altar
todas as mulheres desta família que me trouxeram aqui hoje:
Hilda, a mãe, a avó Tita
tia Dinéia, tia Alina, Tia Zinha, tia Luisa
a tia emprestada Cecília, a tia-avó Hilda Anna
Lybia, a madrinha judia
Ana, dizendo à criança que não alcançava ainda o fogão:
"Meio-dia: panela no fogo, barriga vazia."
Elas foram todas (feição e capacidade) ancestrais do meu ser
Se me quiserem saber, guardo retratos de memória
um casaco emprestado, começou a esfriar
um bolo na mesa, de quatro ovos o mais querido
uma carta escrita de Feliz Aniversário ao menstruar primeira vez
uma mão por cima da minha me conduzindo (etc.).
As árvores deste outono como em outros desfolharam
Eu as perdi? Perdi, perdi, perdi?
A árvore de outono prepara-se para o inverno, eu sei.
Choro. E árvore não consola neste ardor do sofrer.
Guardo, porém, folhas secas dentro do livro lido deste outono.
Vou pra casa, fecho a janela, é hora de dormir
(É a hora da renovação, me dizem, do outono)
O coração pulsante diz de novo: o nome delas, delas!
Tenho 60 anos e um outono inacabado
e elas que estiveram e não se foram jamais.

OUTONO, EU TE AMO OU REPUDIO?

Maria Solange Lucindo Magno

Ah, o outono! Ele chega de mansinho, tímido
E aos poucos vai se impondo.
Temperaturas amenas, ventos marcantes e por vez
um nevoeiro que tende a embaçar.
A estação de saborosas frutas
E das árvores se modificando vem nos preparar
Para o rigor do inverno.
Vai acalentando o coração
Para que não soframos tanto
Na mais triste das estações que o sucede.
Ao mesmo tempo, vai nos distanciando
Bem sutilmente do apaixonante verão.
Mas o faz com tanta sutileza,
Que aos poucos nos damos conta
De que o sol já não é tão quente,
Que uma brisa começa a nos enlevar,
Que as árvores e seus componentes
principiam a se debelar.
De repente, um tempo seco
Que incomoda e nos faz gripar.
Nosso vestuário é inconstante,
Pois não há uma definição
Sobre o que usar nessa estação.
Mas é bom! Pena que seja apenas uma transição.

OUTONAL ESTAÇÃO

Marilene Melo

O dia e a noite têm a mesma duração
Equinócio na outonal estação
Mudanças climáticas
Instabilidades e amenidades
Nas manhãs de nevoeiro
Folhas soltas pelo chão

De mãos dadas ao entardecer
A deusa e o deus dos ventos
Anunciam tempos de ventania
Estação de transição
Do ocaso e da transformação

Amarilis, camélias e flor-de-maio
Colorem a estação
Amarelo, vermelho e pardo
Tons sobre tons que se desvelam

Xícara no espaldar da janela
Chá de maçã com folhas de hortelã
Ou de gengibre, limão e pau de canela
Pitada de noz-moscada e mel adoça o sabor

No outono frutas e crianças nascem
Enquanto gente querida de alguém
Vai embora...
No ciclo infinito da roda da vida
Que roda, roda, roda e não se demora.

FIM DE TARDE
Marina Arantes

Do sol das cinco,
irrompe o frescor do vento —
não sobram folhas secas aos pés
de plátanos e álamos
setentrionais.

Do outono boreal,
caem as folhas da transição —
prenunciam rígidos invernos,
aquecidos e iluminados: pelo fogo.

Do outono austral,
frutífero, mas seco —
rebentam chuvas e nevoeiros,
despedindo-se dos dias quentes de verão: pelas águas.

Mas venta.
De norte a sul, as folhas são recolhidas —
e recolhem, pelo ar,
gestos delicados ou atos ousados.
Atrevido — o outono.

AMOR DE OUTONO
Marina Chagas

No outono
Tudo pode acontecer,
O Sol pode virar Lua,
E as manhãs, entardecer.

No outono
Toda menina cresce,
Todo amor floresce,
Fazendo um sorriso aparecer.

No outono
Os corações batem em um novo ritmo,
No compasso para se apaixonar,
Trabalha como algoritmo,
Pra tentar solucionar,
Como funciona o amor através de um olhar.

Ah, outono...
Tardes quentes, noites frias,
Onde tudo é cortesia,
Os casais enamorados,
Andam entrelaçados.

Outono
Onde as folhas caem sem parar,
Renovando para um recomeço,
É no outono que o amor está no ar,

Em busca de um novo apreço.

DEVANEIOS DE OUTONO
Marlene Godoy

Nosso amor secou
Como folha que cai no outono
Como dia que nasce tristonho
Nosso amor morreu

Será que um dia ele existiu?
Ou foi só fantasia de adolescente
Que abre o coração carente
E se entrega à fantasia do amor

Hoje você me ignorou
Eu senti a dor da desilusão
Que só quem ama sozinha
Conhece a dor do desalinho

Nosso amor só existiu
Na minha imaginação
Que criou a ilusão
De ser correspondida

E assim tão iludida
Vivi momentos de devaneios
Para aplacar os meus anseios
Dos sonhos de adolescente

SINFONIA DO OUTONO
Marli Ortega

No outono da vida
Lembranças contidas,
De alegrias vividas,
Muitas dores sofridas.

No outono da vida,
As folhas que caem,
Os amores perdidos,
As ilusões que se esvaem.
A sabedoria brota,
O fruto é maduro,
A saúde se esgota,
Sem o medo do escuro.

No outono da vida,
Novas vidas nascidas,
Muitas vidas perdidas,
Tantas dores sofridas.

No outono da vida,
Colheitas seguras,
De frutas maduras,
Experiências vividas,
Saudades sentidas,
Ilusões esquecidas
A esperança é contida,
Na eternidade da vida

TARDES DE OUTONO
Marlene Krupa do Rosário

Tardes de outono remetem a
Aconchego do lar
Um tapete de folhas douradas
Forma o caminho.

Pintando o chão com tons de
Amor ardente
Os passos ecoam numa
Sinfonia peculiar

Convite de introspecção e renovação
Beleza efêmera
O vento sopra melancólico
Dançando com as árvores.

Elas se despem, revelam sua essência
E beleza...
Folhas voando são pássaros ao vento
Folhas de outono, estação da alma

Na cozinha o aroma do bolo
É fragrância a envolver
Convite para o chá que acalenta
O coração.

Tardes de outono
Lareira acesa
Simplicidade da manteiga no pão
Aconchego do lar.

DECLÍNIO
Marlúcia F. Campos

Nem é preciso calendário
A luz alquebrada
entrega qualquer outono
Do declínio, vêm os inexplicáveis sentimentos;
Um misto de tristeza com melancolia
Uma preguiça...
A fumaça sobe da xícara,
do chá insistente
As plumas dançam na luz
que atravessa as frestas
Olhando assim, parece uma festa
Uma vontade de ver gente,
aliada a uma vontade de ficar só
Um calor seco, um frio ainda quente
A escassez da chuva, o silêncio
As cigarras não cantam
O caramelo late
As tais folhas caem
Flores parcas,
laranjas ainda azedas
Luz amarela, terracota,
rosas alaranjados
Vastos suspiros...

REVERSO
Martha Sales

Inspiro os sonhos
Afogados nos desleixos
E descaminhos.
Respiro...
Recolho porções de mim
Soterradas pelas batalhas
Temporais.
Inspiro... respiro...
Enterro o que precisa
Morrer
Para desfrutar dessa vida
Madura.
Um frescor desconcertante
Como os ventos de outono
Rompe meu silêncio
Distraído.
Inspiro... respiro...
Escorre em versos
O reverso,
E revela
Que me apresse,
Com prece
E ousadia,
A conjugar o verbo
Viver.
Inspiro... respiro...
E quase sem fôlego,
Respiro...

OUTONO EM FILME
Meliza Onilda Dias Lemos

As folhas secas do outono retratam que o inverno chegará
Uma das quatro belas estações do ano, ele também chega
Pois é o curso da vida e da natureza humana
Com suas características indispensáveis à natureza, ele chega.

Mas ainda é outono com a beleza das folhas ao vento
Não há como mensurar sua leveza e bela paisagem
As folhas com várias formas e cores
Encantam quem pode ver e também quem pode tocar

As flores e os frutos estão prontos no ponto certo
Para a colheita, o consumo e a saciedade
Andar entre as árvores das acácias e descalça pelas folhas
Não tem como não se apaixonar por mais uma estação

Essa é minha favorita, pois viajo nessa imensidão, sonho realizado
Na sua bela paisagem, no barulho das folhas caindo
O canto dos pássaros de várias espécies chega o outono
A temperatura muda, umidade do ar e as baixas chuvas

Sentir o cheiro no ar e ouvir o cair das folhas
Encanta a todos que têm sensibilidade
E até aqueles que não podem enxergar por algum motivo
De uma coisa eu sei, acontece o amor no outono

Ver, sentir, tocar, admirar essa estação é poesia para a alma
Faz-nos sentir que estamos vivos nos cinco sentidos
Na essência da vida humana de quem sabe viver
Tudo isso é possível pelo reflexo do Criador do mundo.

OUTONO
Mileide Francisco

Gosto de vê-la tricotando no sofá
Manta nas pernas, pantufas nos pés
Óculos cinza, cabelo em pé
Movimentos lentos e o som da maré

Faz um chá para mim?
Você diz, baixando a cabeça para me ver
Eu penso, a vida é mesmo um ardil
Mas que sorte eu tive em te conhecer

Março, folhas secas no chão e o frio
O brilho de seus olhos
O som sutil das águas do rio
A suavidade do outono, e a sombra dos dias vazios

Nós somos assim, nostalgia e sinceridade
Somos a paz do outono, o equilíbrio da privacidade
Somos o tom do universo, a virtude e a imunidade
O amor que transcende os percursos
O som do silêncio e a vida pedindo passagem

TONS DE OUTONO
Monica Chagas

Caminho sobre um tapete de folhas secas
De cores diversas
enfeitam a calçada
os tons acobreados
sob um sol brando de outono
aquecem a minha alma
em breve uma chuva fina cairá
os pássaros se abrigarão nas árvores
espalhando as sementes
que ao caírem na terra úmida e fértil
frutificarão
a natureza se renovará
enfrentando as adversidades que virão
a cada estação
uma nova chance
de aprender e evoluir

OUTONO: UMA CANÇÃO PARA MINHA MÃE

Mônica Jacinto

O outono chegou soprando de leve
A brisa fria que esfria a pele,
Mas mantém aquecido o coração dos que amam.
Caem as folhas...
Bichos encasulam-se...
E o sol amarela-se numa timidez contagiante:
– Belo espetáculo!
Agora é maio: mês do trabalho
E da liberdade que ainda está em curso
Peço a bênção à minha mãe porque também é dela o maio
E todos os outonos que houver nessa vida...

OUTONO
Nega

As folhas caem no chão, vento assobia no telhado, acalma a alma.

O sol surge menos abrasador. Tempos de solidão. Saudade dos que partiram

E aqui nos deixaram. Estação de senescência ou se fez tudo ou não se fez nada.

Construiu ou desconstruiu, metamorfoseou-se. Borboletas viram lagartas.

A pele cria linhas avisando que o fim da estação chegou.

Quisera Ela estar contigo velhinha, alquebrada, fragilizada, mas ao teu lado.

Noites escuras, sóbrias. Ela pensa em você, sempre.

Metamorfoseou.

Outono chegará um dia para todos nós.

Outono...

FIM DE TARDE

Neusa Amâncio

Mais um dia se finda
Deixando uma tarde bonita
Ainda posso ver nas colinas
O pôr do sol...
Deixando o seu alaranjado
Que se espalha pelo horizonte

Uma brisa fresca
Chega de mansinho
Começam a se recolher
Os passarinhos
Em bando para seus ninhos

A lua cheia e clara
Se desponta como prata
No universo para encantar
A noite se faz bela
Para os amantes e poetas
Poderem sonhar

É o outono que se inicia
Trazendo a poesia
Em suas cores, formas e sons
Deixando as árvores despidas
Com suas folhas caídas ao chão

FOLHAS DE OUTONO
Neusa Amaral

Folhas de outono se despedem do trono,
Em seiva se transformam: novas vidas afloram!
Foste parte de altaneiro cedro!

Renascerás mais soberana, após um sombrio inverno!
Bendito sejam os bons ventos que levam folhas secas,
Para que frutos saborosos cheguem!

O outono necessita de braços másculos
Para colher os frutos tão desejados,
Cultivados entre risos e lágrimas.

A cada colheita desperdiçada; um outono a menos
Em nossas vidas efêmeras!
A natureza conspira a favor dos mais ousados!

Façamos a nossa parte: cuidemos de nossos outonos,
Todo fruto colhido no tempo certo,
Mesa farta, nada nos faltará! Ousemos!

PROMESSA DE OUTONEAR SEMPRE
Newton Dias Passos

De repente, parem o tempo. Vejam ao redor.
O significado do momento mágico sendo vivido. Sintam sua respiração.
A beleza do lugar. Ar fresco do entardecer. Barulhos da natureza.
Árvores num castanho vermelho-amarelado. Em profusão de cores.
Sol deslizando em seu caminho final. Céu de azul único.
Música da orquestra de passarinhos. Vida em todo seu esplendor.
Moldura perfeita para um retrato perene.
Do que vivenciam hoje. Para ficar na memória. No sempre.
Vejam as pessoas. Seus rostos. Seus sorrisos. Suas preces silenciosas.
Almejando um novo caminho a dois para ser trilhado juntos.
Uma aposta num futuro feliz. A ser vivido.
Que venham invernos aconchegantes. Primaveras floridas. Verões ensolarados.
E voltem outonos. De colheita dos doces frutos do amor.
Que hoje celebram. Que precisam cultivar em muitos outros dias.
Na repetição das estações. Na renovação das promessas.
Dos sentimentos que aqui declaram. Promessas de amor infinito.
Enganem Cronos, deus do tempo. Que conta cada instante vivido.
Acreditem em Kairós. Que esquece de contar esse mesmo tempo.
Buscando a intensidade do momento. O especial. A qualidade de vida.
A verdadeira percepção da felicidade. A ser descoberta por vocês.
Hoje, esse deus do tempo está aqui. Aliem-se a ele.
Tenham-no sempre com vocês. Guardem-no para si.
Incorporado nos votos de vocês. Aqui ditos com pura emoção.
A memória desta feliz tarde de outono é para sempre!

ENCANTOS DO OUTONO
Nice Scheffler

Quando a natureza exagera na bondade das cores
Folhas secas dançando ao chão
Transformando as paisagens em tapetes coloridos
A brisa da manhã vem tecendo uma suave cortina de névoa
Nas lindas serras longínquas
É tempo de aconchego,
Nas noites prolongadas.
Quando no silêncio e calmaria
Ecoa o barulho do vento
Transcendendo a perfeita sincronia de uma canção.
Época de romance e dos sabores, fazendo um convite aos apaixonados
Para a reconciliação.
E nesse compasso, onde tudo é renovação,
O ar carrega o cheiro da fruta madura, anunciando a chegada da nova estação.

PORQUE O OUTONO...

Odair Pivotto

O primeiro orvalho caiu.
O horizonte se ascendeu.
Os passarinhos deixaram os ninhos.
E a vida despertou.

A brisa leve soprava.
As folhas caíram.
As borboletas se enfeitaram no tom.
E o menino acordou.

O cheiro de café perfumava.
Os sonhos renasceram.
Lá num canto brincavam alegres colibris.
A moça o seu cabelo escovou.

Ah! Momentos à mesa.
Sentimentos que acalentaram.
Das manhãs, dos sorrisos, das lembranças.
Até um tímido raio atrás das folhas chegou.

ESTAÇÃO MOLDURA
Pâm Garden

nuvens, suaves, brancas.
tinta, quadro, pincel
tons de cobre a se despedir
em um ápice alaranjado do céu
no pequeno feixe, ainda a reluzir
outros tons se soltam para dançar
alguns verdes, outros amarelos
em conjunto a contrastar

o vento devagarinho...
penetra a porta, a janela, a fresta!
e assim bem de mansinho...
estala o tremor que atravessa!
o vidro, a cortina, a pele, o pelo,
arrepia, eriça e revolve. no disparo do gatilho.
paralisado. gélido toque

passa luz, passa cor. pausa o momento.
o horizonte vivo. um quadro de outono
não se pôs ao nublado. mergulho leve e lento,
balançar e voar das folhas ao vento,
o embalo de um ballet, o final, o eterno e o momento
ponteiros de um mesmo ponto, pausando o correr do tempo

HÁ TEMPO, E É BREVE

P. A. Borges

Eis-me aqui, pronto.
Seja lá o que isso signifique.
Para dias mais curtos,
Risos mais breves,
Amores mais leves.

Há aves em migração,
Na mesa um pedação de pão,
Ruídos distantes, dissolutos,
Aquieta-me a alma,
com o tempo mais ameno.

As folhas mudam de cor,
embora eu creia, como camaleões,
Que tentam disfarçar a dor,
E suprimir suas indignações.
Há tempo, e é breve.

O outono chega devagar.
Mas seus dias sucintos, receio,
São como as dores de um mundo inteiro,
Dos vendavais aos veraneios,
esquecidos.

É breve.
O cair de uma folha,
Um momento, uma escolha,
O sucesso, uma coroa.
Um dia feliz.

ESTALAGEM
paulo rogério

Os páramos daqui que me educaram,
As ramagens, a mata ainda sem dono,
A sensação sem ser de abandono,
Os pinheirais que minhas mãos tocaram...

Da fonte azul de um indolente sono
Águas frágeis nas pedras se quebraram,
Depois, de gota em gota se ajuntaram,
Formando o riacho, o rio, o mar... o outono

Repetiu muitas vezes, com destreza,
O espetáculo sutil de sua folhagem,
E da fonte e das águas da Estalagem...

A lua, ao longe, em tênue chama presa,
Lança na rude e casta paisagem
A formosura de sua tristeza...

PRISÃO OUTONAL

Pedro Henrique Aragão

Ameno vento toca a minha face
Mas já está gélido o meu coração
Casais gozam o charme dessa estação
Chama esquecida que agora renasce

Esse ameno vento não sei onde nasce
Mas não sinto nem arrepio nem emoção
Estou congelando em pura aflição
E eu não preciso usar nenhum disfarce

A vida resiste à espera do inverno
O ameno vento para mim é o inferno
Ao longe uma canção que já não entono

Tantas folhas que caíram dessa árvore
Tantos ao redor são estátuas de mármore
Assim como eu, presos neste outono

FÉRIAS NO OUTONO
Pedro dos Santos Ribeiro

Em um final de tarde
nós dois no bosque a passear
em meio às folhas secas
que caíram para renovar o talo

o vento forte bate sobre as galhas,
as árvores soam com o barulho da natureza,
o sol logo vai embora
e a longa noite vem

o frio, não demora
o nosso casaco não nos aquece,
temos que ir embora
tomar o nosso café a dois

aquele chocolate-quente
que só você sabe o ponto do nosso clima,
o toque delicioso e cremoso
que só você sabe fazer

é o ponto ideal para curtir as nossas férias.
Viajo em você, e você em mim.
Em meio ao clima do outono,
o nosso termômetro é a paixão.

As folhas secas da nossa pele,
ao se tocarem, se renovam.
O inverno logo vem
e o nosso amor tende a florescer.

UM OUTONO INESPERADO
Potiara Cremonese

É o meu Rio Grande do Sul, céu, sol, sul
Terra e cor, meu Rio Grande alagado de tristeza e dor
Seu céu se tornou cinza, estradas viraram rios
Seus verdes campos alagados, o céu azul perdeu a cor
Neste outono inesperado, chuva veio incessante, destruindo tudo em instantes
Levou sonhos e realizações, das árvores que perdem suas folhas no outono
Não restaram nem as raízes, a enchente arrastou tudo, trouxe dias infelizes
A capital, que era Alegre, nunca se viu tão triste
Prédios históricos e livrarias tomados pela lama
A alegria deu lugar ao lamento, mas em cada salvamento
Sentimento de vitória, heróis anônimos salvaram vidas, devolveram sonhos
A cada resgate, um sorriso de gratidão daqueles que foram
Salvos, sendo puxados pelas mãos, nos olhos lágrimas do coração
Lágrimas misturadas à correnteza, nos olhos a incerteza do amanhã
Neste outono inesperado, nosso povo aguerrido, forte, sentiu a destruição
Vimos guapos virem de longe para nos darem as mãos
A solidariedade do povo gaúcho chamou atenção
Logo todo o Brasil se uniu nesta missão
Deste outono inesperado que para sempre será lembrado
Mostrando a força da união, que isso sirva também para chamar nossa atenção

Que sozinhos nada somos, precisamos seguir nos dando as mãos
Pois é sempre nas tragédias que a união acontece
Seja para chorar ou fazer uma prece
Agradecendo a cada novo dia que amanhece.

REENCONTRO
Raimunda Gonçalves

Espero ansiosa
O outono chegar
Lembro com saudade
Daquela noite de luar.
O dono do meu coração
Naquela noite conheci
Entre conversas e risos
Do tempo me esqueci.
Descobrimos muitas afinidades
A Deus somos agradecidos
Pelas oportunidades.
O reencontro
está marcado
Novamente vou te abraçar
Declarar para o mundo
Que nos teus braços
É o melhor lugar.
Na temperatura amena
Nossos corpos trocarão calor
É mais que desejo
A paixão tornou-se amor.

O VALSAR DOS PLÁTANOS
Rejane Veríssimo

Uma brisa suave me toca a face,
e um cheiro adocicado no ar me traz lembranças
de um momento tão terno,
onde duas mãos se entrelaçam
envolvendo uma xícara aquecida
pelo calor do líquido reluzente.

E no sorver do ouro negro,
observo na pequena janela
o valsar de folhas ressecadas pelo tempo,
e nesse bailar me sinto em um rodopio sem cessar,
mas o brilho da estrela amarela
deitando em berço esplêndido ofusca meu olhar.

Então, me aconchego em uma poltrona velha,
e ali assisto a um espetáculo entre raios reluzentes
sobre o orvalho que desce molhando
as folhas de plátanos que refletem como cristais.

E, logo, o manto negro,
pontilhado de pequenos corpos celestes,
encerra o teatro.

Até o próximo espetáculo
da Estação Dourada.

UM CORTE TRANSVERSAL
Renilde Fraga

O gesto abre um vão
e um frio vento outonal
atravessa a fenda
o espaço, o tempo, as folhas

Um pássaro assustado
inicia uma fuga
o sol se põe
as folhas voam
uma árvore cai.

As folhas e as asas
refletem a luz
(o homem não
o homem nunca)

Os galhos jazem
junto ao machado
(a mão do homem
cumpriu sua fúria?)

Um som emudece
o coração da terra
uma luz colore
a seiva, o sumo (sangue?)
o braço enfim descansa
(a alma não, a alma nunca
é seu outono outra vez)

SENTADA AO MEIO-FIO, SOB O CÉU DE OUTONO

Rita Manzano

Chegou em silêncio e se aconchegou
bem na minha frente.
Chegou uma semana antes
está aqui dentro, bem pertinho.
A queda de folhas, a árvore nua e
a terra (a)colhendo o fim de um ciclo.
Ah, outono, seja muito bem-vindo.
Você me inspira pela beleza da transformação,
pela sensibilidade aflorada da melancolia,
pela possibilidade de transição entre acontecimentos,
pelas mudanças em preto e branco
que se colorem mais lá na frente.
É no tom cinza e anuviado,
nos ventos sagrados, nas baixas temperaturas,
nos tons alaranjados e avermelhados do céu,
– em pleno entardecer –
que tudo se acende em mim.
A arte surge como fogo e queima tudo
o que não serve, fazendo ressurgir das cinzas
o que havia tempos estava adormecido
e, agora, volta com toda a força
da natureza, da humanidade.
Acomode-se, pegue um chá quente ou um café.
A casa é toda tua.

MINHA ESTAÇÃO
Robert Lima

No outono, tudo muda o tempo todo.... Quero viver no calendário das flores, sem dia pra ser, sem dia pra ter, me leva no vento.
No outono, só quero ter a certeza, a única certeza de que toda beleza, que hoje me encanta, reflita na minha alma quando eu envelhecer.
Me faça uma coberta bem quente de amor, costurada com pontos de linha de flor... Sua voz me guia em meus pensamentos, então escrevo o que fala, de tempos em tempos.
Suas palavras tão doces a me acalentar, me deixam seguro de um futuro incerto que está pra chegar.
Nesse outono me leva pra longe, onde tudo é fugaz, lá o sol brilha, lá tudo é paz; vivo a alegria de ter com você, os dias mais lindos que podemos viver.
Vamos andar na grama molhada, sentir nos pés a terra solada, o cheiro da relva da noite passada, e colher cada gota sem hora marcada... Não olho para o tempo, que passa tão rápido, seu sorriso me encanta, é a vida que nasce.
No outono estarei sempre por perto, pertenço à vida, de uma natureza escondida, naquele horizonte onde tudo é livre e onde tudo se esconde, além das montanhas, voarei pra te ver.
Sou livre... Sem dia pra ter... Sem dia pra ser... Me leva no vento, sem hora e sem tempo.

AZUL
Roberta Cavalcanti

Sob o céu que só o outono tem,
acordei com a lembrança azul de você
Que dia lindo,
eu diria
Escreveria se hoje fosse antes
Mas hoje...
Hoje pensei
azul, lindo, outono
Pensei que quando você acordar
sob o azul que só o outono tem,
vai sentir, vai pensar, vai lembrar
Lembra que eu disse?
Não tem como
deixar de ter vontade de comentar
um dia lindo com você.
Você respondeu:
bom domingo!
Você vai lembrar
e sentir, e sorrir,
e se quiser escrever,
será bom o domingo azul.

FOLHAS VADIAS
Roberto Salvo

No jardim, as folhas dançam ao vento,
Amarelas, vadias, sem destino ou lamento,
Invadem o gramado em sua leveza,
Como um cortejo de doce tristeza.

Em tons dourados, vestem o chão,
Trazendo consigo a melancolia da estação,
Folhas de outono, que dançam sem parar,
em silenciosa dança, sem se cansar.

Desprendem-se das árvores sem demora,
Rumo ao desconhecido, sua sina exploram agora,
Sem pressa, sem rumo, seguem seu caminho,
Pintando a paisagem com o amarelo sozinho.

Vadias, sem destino, seguem seu curso,
No silencioso bailar, sem nenhum discurso,
Não sabem ler, não conhecem a escrita,
Mas contam histórias na sua dança infinita.

Em cada rodopio, um suspiro de despedida,
Do calor do verão, da vida colorida,
Em seu balé suave, a beleza se revela,
Folhas de outono, mensagem singela.

E assim, no outono, a terra se enfeita,
Com as folhas amarelas, em sua dança perfeita,
Vadias e livres, seguem seu destino,
Deixando no gramado um rastro divino.

O OUTONO CHEGOU
Rogerio Sanctos

Se caem as folhas de outono
Foi porque o vento soprou
Se a temperatura caiu
Foi porque o outono chegou.

Não me diga, não me fale
Pois eu posso sentir
Eu posso ver que o outono chegou
O vento soprou, mais forte soprou.

O tempo está igual
O dia e a noite de outono
Cada segundo que passa
Folhas de outono, folhas de outono.

Sim, chegou o outono
O outono chegou, chegou
Veio depois do verão
E antes do inverno o outono chegou.

Pouca água escorre nas folhas
Nas folhas de outono sopra o vento
A temperatura caiu, caiu
Eu posso sentir, o vento soprou, o outono chegou.

Passou o tempo, o tempo passou
O outono chegou, o vento soprou
Velhas folhas, folhas de outono
O outono chegou, e o tempo passou.

OUTONO EM PALETA
Ronaldson/SE

Moldura de outono:
dádiva ao léu
anúncio em folhas secas
serpenteia no céu, no chão
nos vãos:
escorre pelas canaletas, sarjetas, vielas
em varredura de vento e pó
serpenteia no céu, eis um galho só
mosaico de plátanos
arremedo de ciranda

(cai

) levanta

           vaga)

rastros e saga
solidão da galharia seca
expostas veias — a raiz
em contraplano de nuvens

êia marrons-cinza êia cinza-ferrugens

revoltas no céu em manada
esboço do sofrido
desossa descolorido

já cadáver:

o verão.

LIRA DE OUTONO
Rogério D. Micheletti

Leio e releio velhos textos empoeirados.
Vejo e revejo esmaecidas imagens.
Por toda parte pensamentos cismados
Sobre distantes e distorcidas miragens.

Um vasto horizonte de expetativas...
Suspiros repetidos desconcertantes
Abafados por esperanças cativas
Nos recônditos de aflições dilacerantes.

Esmaecidas imagens, textos empoeirados...
Por toda parte é sempre mais do mesmo.
E sigo com meu dorso sempre curvado
Enquanto pensamentos vagueiam a esmo.

Procuro-me sob cada folha de maio.
Sobre as melancólicas cores do poente.
Entre as notas eólicas de Oyá soslaio
A minha própria sombra amorfa e doente.

Não mais significam as ilusões de outrora
Pois o horizonte é só um presságio triste
De minha sombria, e silenciosa aurora
Em meio a tantos Eus tão de si repletos
Por que tenho um lírico que subexiste?
De que servem estes espelhos infetos?

CHÁ DE MARCELA

Rosana de Mello Garcia

Marcela é um perfume de toda uma vida.
É uma tarde de outono com céu muito azul.
É o campo mudando suas cores e brilhos.
É o grande encontro, o mágico ritual.

Marcela é também a paixão,
como o peixe e o chocolate,
como o morro esquadrinhado,
como o frio chegando
e a lembrança do sagrado.

Catar marcela no campo
é conversar com minhas irmãs,
andar ao lado da minha mãe,
ouvir meu pai dizer os nomes dos pássaros,
acompanhar a correria e o riso das crianças,
jogar conversa fora com os homens.

Colheita incidental,
que é a celebração do encontro,
onde os laços da vida se refazem,
para que bebamos deste chá
que produz o milagre da reunião
e da cura dos males do corpo e da alma
que em algum momento nos atingirão.

ELOGIO AO OUTONO
Rosalia Cavalheiro

Quando o sol dirige ao equador sua incidência
Dias e noites têm a mesma eloquência
E nessa harmoniosa equação estrelar
Bailam sob a lua pagãos outonais
Tocando a folhagem de melodioso craquelar

No setembro do Norte mais definido
Em equinócio de tons alaranjados
Afastados em melancólica translação
O Sol e a Terra valsam distantes
Ela flutuando em vaporosa rotação

As folhas ao vento dão piruetas
Encobrindo o solo com matizes calorosos
Tecendo tapetes de aromas terrosos
Onde as frutas sem colheita apodrecem
E mágicos cogumelos brotam misteriosos

Suas ancestrais personificações femininas
Envoltas em cachos maduros e macios grãos
Exibem-se em fecunda frutificação
Entre o calor e o frio a lânguida transição
O outono convida à uma reflexiva gratidão

Antes que no inverno sua graça definhe
Para longa travessia preparam-se as aves
Abrindo as asas despedem-se dos ninhos
Sobre mares e continentes à plena envergadura
A tela celestial preenchem com sua bela pintura

ALMA MADURA
Roseli Lasta

Lembranças de um tempo em que o verde da juventude
se perdia, se mesclava
ao amarelo da maturidade,
e ao laranja do ciclo completo.
Outono e vida, como velhas amigas
se entrelaçam, se completam, contam histórias.
Os anos, assim como as folhas,
caem devagar, deixando no ar
apenas frágeis memórias de uma vida
que se tornou desbotada
e findou.
Qual alma madura
as folhas de outono se recolhem,
e o abraço do vento as leva de volta à terra
onde tudo começou.

UM DIA DE OUTONO
Rosméri Costa Thomet

Ventos no final do dia, sinais de madrugada fria
árvores balançam, folhas caindo, cores sumindo sem mais segurar
o orvalho,
agora todo sereno vai parar no cascalho
só os galhos, pelados e sem brotos estão lisos e tortos
quando amanhece, o sol aparece
o tapete colorido está explícito
todas as folhas verdes e amarelas, parecem uma aquarela,
marrons e outros tons agora todos no chão
o vento sopra o tapete de lá pra cá, de cá pra lá,
fazendo sua dança cadenciada
cada qual querendo fazer a sua vez de voar,
brilhar ao sol a esperar
dançam em perfeita melodia na manhã gelada dessa estação,
que sopra sem direção
algumas folhas grudadas na calçada molhada, vedadas ou seladas,
logo serão folhas sem vidas desidratadas, todas caladas, sem cores,
vão se misturar com a terra e poeira, cinzas ou nas lixeiras
a natureza e sua beleza de colorir a estação ou qualquer outra ocasião,
vão ter a renovação e a simplicidade de esperar,
ouvir e contemplar os pássaros a cantar a sinfonia, todos os dias,
voar livremente, sem brigar por um caroço ou uma semente,
vão ter os frutos novamente, até os que estão ausentes,
depois de ser florida em outra estação, tudo recomeça
quando a folha não mais existir e o outono se ir...

FACES
Rubiane Guerra

Leves passos em folhas secas
Rumos conhecidos
Sentimentos envaidecidos

Lembranças de uma era
Memórias que foram com a primavera

Cores vibrantes e ardentes
Uma arte que vai
A vida me distrai

Outono...
Neblina...
Obra de arte que descolore
Talvez velhice, talvez solidão
Nada em vão

Os segundos passam
Silenciosos
Sem alarme
Sem pressa
Devagar

Cai a folha
Ao vento vai
A vida escorre
Outra fase
Outra face
Outono...
Um outro disfarce

REFLEXOS DOURADOS
Rubén de Mantera

Senti o teu afeto
e essa brisa santa,
suave, de amor.
E amei.

O sorriso aberto
desse outono encanta.
O dourado, minha cor.
Bem sei.

Nessa lei,
que é riso e dor,
você me chama,
eu me completo.

Nela serei
crisântemo, a flor
ou bordo que ama.
E me dispo, indiscreto.

PASSAGEM

Sandra Vasque

No outono,
Renovei.
Me refiz, desfiz
E, folheando,
Nasci, cresci.

Invernei também.
Muitos frios tremidos
E temidos
Congelei.

Primaverando,
Rompi
Muitas cores.
Colorindo
E me abrindo,
Senti.

Veraneei muito,
Estradando por aí
Enfim, ensolarei
Aqueci e lumiei.

Estacionei
Andei,
Jovendurencendo,
Existi.
Renovada, vivi.

OUTONOS PRÍSTINOS

Sandy Esteves

Eles registraram no outono, mais precisamente em 22 de abril.
Disseram por aí que são donos da razão e verdade.
Tentaram apagar nossa história, sucumbir a nossa língua.
Queimaram nossas florestas, destruíram nossos rios.
Mas eles esqueceram que toda estação muda e passa.
Dominamos a sua língua, mas não esquecemos da nossa ancestralidade.
E aqui estamos, mais um outono, Afirmando, e
reAfirmando, não esqueceremos, não passaremos.
outonos de outrora, não mais.

DOMINGO DE OUTONO

Sergio Levi

Naquele domingo de outono,
Um estranho violeiro passou por mim.
Ele era estranho: Seu corpo era esbelto, tinha uma cor pálida,
Sua música era triste e à distância, ele era gelado.
Naquele domingo ele cantou uma canção para mim:
Acorde! O outono chegou,
O céu está tão azul, que se recusa a ceder
o espaço para outra cor.
Afinal, é proibido chorar no outono...
Era proibido chorar, até o dia de hoje,
Pois quando um amigo morre, o céu azul
Se despede, e cede o lugar para a cor das lágrimas.
Para que tanto sofrimento na estação da renovação?
É que mesmo no outono azul; a morte, a vilã efêmera e cruel
Não quer saber a cor do céu,
Para ela o importante é ter olhos para chorar
E coração para sofrer.
In memoriam de um grande amigo.

O VELHO BANCO

Sergio Levi

Era um entardecer melancólico de um dia de outono,
Embaixo de uma árvore estava um Velho Banco,
Ele parecia não se importar com a velhice.
Seu corpo já não era robusto, sua pintura estava velha,
As fibras da madeira estavam fracas,
Seus pregos não eram mais firmes e seguros
Não se importava mais com a estética,
Seu assento estava cheio de folhas e galhos secos
Evidenciando que não era o seu primeiro outono.
O Velho Banco não era o único morador daquela praça,
Lá morava um relógio quatro faces, todo esquisito.
A natureza também sussurrava seus tristes cânticos:
Uma árvore, que outrora oferecia sombra estava seca.
O tempo passou para todos! O tempo!!!
Ele tirou dos moradores daquela praça
Tudo o que eles tinham — o prazer de compartilhar a sombra,
O descanso aos solitários passantes daquele caminho.
Os últimos dias do Velho Banco foram tristes,
Como triste é o outono!
Cruelmente ele leva embora todas as folhas,
Toda a vitalidade, toda a beleza, e revela
O que há debaixo das lindas folhagens, revela quem somos.
Então o céu chora!!!

EM QUALQUER TEMPO...
Sérgio Stähelin

Permita-me outonar
Em qualquer que seja o tempo
Para que eu possa metamorfosear
Entre equinócios e solstícios, noutro tempo
E junto a ninfas e pirilampos acordar
Lançando bálsamos em folhas ao vento.

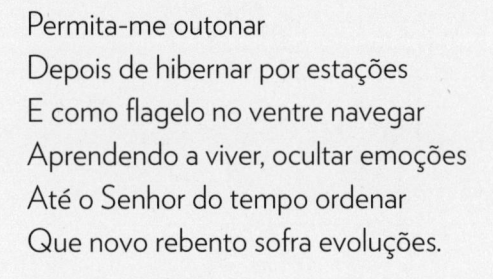

Permita-me outonar
Depois de hibernar por estações
E como flagelo no ventre navegar
Aprendendo a viver, ocultar emoções
Até o Senhor do tempo ordenar
Que novo rebento sofra evoluções.

Permita-me outonar
Sorrir, chorar, voar, partir e renascer
Germinar, crescer, envelhecer, amadurecer e gerar
E quando dos frutos da estação me carecer
Mesmo que eu não outone, que possa eu amar
E em cada uma das estações fazer alvorecer.

Permita-me outonar
Amadurecer, me desprender e me alçar ao vento
Encontrar alento e chão para poder germinar
E mesmo que não chegue o inverno, o tempo...
Possa florir e disseminar, polinizar,
Fecundar e gerar em contratempo.

OUTONO
Tadeu Cardoso

Antes do inverno
o outono
Veio depois do verão
Formando um tapete
de cores
De folhas expostas ao chão

Folhas velhas, folhas secas, folhas brancas,
folhas verdes, folhas pretas
Folhas de várias espécies
Cumpriram seu ciclo nas árvores
enfeitam a superfície!

Folhas murchas de outono
Folhas pretas em decomposição
As verdes que não caírem
São folhas da renovação!

MEDOS EXISTENCIAIS

Tamara Piazzetta

O esquecimento imposto pela rotina
A repetição desenfreada dos horários
As sombras tomando conta da retina
A paz dos dias continuamente solitários
A ausência frequente do prazer
Não ter pelo que esperar
Perder a capacidade de aprender
A apatia de não poder apreciar
Deixar de agir por preguiça
A insensibilidade frente à dor
O conformismo com a injustiça
Uma vida sem a existência do amor

AS FOLHAS CAEM
Tanise Carrali

É quando as folhas caem que sinto saudade
Reminiscências da infância
Sabor de laranja madura
E cheiro de grama molhada

Quando as folhas caem que sinto saudade
De me perder, por horas, no mato
Dos cabelos voando alto
De corridas a cavalo

As folhas caem e eu sinto saudade
Um copo de leite com goiabada
E o barulho do fusca na estrada
Enquanto a lenha queimava

Folhas caem e eu saudade
Do mugido nas mangueiras
De estar empoleirada na porteira
Da lida, da polvadeira

Elas caem e saudade
Vontade de visitar o *eu* criança
Das coisas simples e doces
Que vivem em mim, lembrança

AS ÁRVORES ESTÃO DE MUDANÇA?

Tanise Carrali

Desperto cedo, como de costume
Na janela, a brisa é diferente, insistente
E as cores já não são mais as mesmas
As árvores estão de mudança?

Meus caminhos estão distintos
Um tapete se estende em mil tons
Enquanto um gato ora brinca, ora se espreguiça
As árvores, aos poucos, estão ficando carecas

Ouço o barulho suave do vento
Seguido de um tilintar de folhas
Voam faceiras, apostam corrida
As árvores não correm, assistem

Meus caminhos estão vagarosos
Um tapete se estende em mil tons
Me entreti fazendo carinhos no gato
As árvores observam minha falta de pressa

Me parece que nessa época elas são mais sábias
Nos ensinam a contar o tempo estendendo passarelas
Dia após dia, folha após folha
É, as árvores estão mesmo de mudança.

ETERNO RENASCER
Tê Pigozzo

Tempo de folhas...
As árvores com sua sabedoria
desnudam-se...
Jogam seus pertences
Alguns, inertes, no chão
Outros, o vento leva além
Como nossa existência, renascem...
Contemplando o fascinante céu
na hora do crepúsculo
com cores, como labaredas
Quis toda aquela beleza
em explosão!
O voo, daqueles que voltam
aos ninhos, unidos
fazendo um desenho no céu
com a letra V
De vencido o dia? Talvez!
E, eu, mesmo sendo
a atmosfera melancólica,
Quis a luz...
Passo a passo minha alma caminhou
E alcançou...
Onde meus pés não conseguiam
Fui luz...

OUTONO
Thiego Milério

O cinza abraça o dia
Camuflando nuvens
Trazendo assobios
Entre caules e folhas
O amarelo já flutua
Em queda suave
A tecer os tapetes
Do outono...
Estação que define
A precisão do aconchego
Como fogueira na noite
Entre o frio da ventania
E o calor dos abraços
Galhos secos imploram
Ao céu púmbleo
A volta das cores
A revolta dos calores
Ante o temor da nevasca
E o sonho das folhas
Amarronzadas envelhecidas amareladas
O outono é o sopro das cores
Que desenharão novos amores
Entre folhas e flores.

METAMORFOSE
Thamara Mir

Avesso do descompasso
Trilha sonora do silêncio
Turbulento esmaecer
A vida em passos lentos

Perder-se no labirinto
Das palavras e afetos
Destino caótico
No tédio subversivo

Desembocar nos olhos
A foz do rio que nasce dentro do peito
Voar como as folhas secas do outono
Caindo sob solo encharcado

Rasgar-se e remendar-se
Bordar lantejoulas em retalhos
Laços e fitas

Atravessar as margens
Fluir na correnteza
Brotar na próxima estação
Como pétalas de sol

Entre riscos e rabiscos
Arriscar a letra do desejo

Descobrir-se traço raro
Numa escrita de nanquim
Em folha de papel dourado

TRÊS HAIKAIS PARA O OUTONO

Túlio Velho Barreto

o chá quente à mesa
saúda a nova estação —
esfriou lá fora

mudança de clima
a desfolhar as árvores —
ventos outonais

folhas se soltam
a cobrir o chão desnudo —
belo tapete

SOMBRIO OUTONO
Udilma Lins Weirich

A tênue brisa de outono
faz o verde mudar de cor,
A natureza sucumbe em sono
a melancolia emerge em torpor,

Surgem memórias saudosas
que a cálida estação alimenta,
como as folhas que o vento sacode
lembranças são jogadas ao vento.

Vejo com saudade, na réstia de sol,
imagens de outrora, vagando em desvaneio
não há canto de pássaros no arrebol,
junto com a aurora memórias desenleio.

Outono morno, soturno, melancólico
Estação que prepara o frio do inverno,
Romântico tempo de ar bucólico
Faz os olhares vagarem mais terno.

FOLHAS MORTAS
Val Matoso Macedo

Ventos suaves
Caem as folhas
Partem os medos
As durezas da vida
Os sentimentos vazios
A escuridão dos passos
As angústias do coração
Renovação à prova
As belezas despertam
O novo, a pujança
As emoções desenhadas
Voam pelos caminhos
Retratam o amor
A liberdade, o desapego
A sabedoria, a esperança
Céu em tons suaves
Reluz, atrai olhares
Recheados com alegrias
Mãos abertas, novas fragrâncias
Inteireza, emoções
A acolher simbologias
Nas belezas outonais
No silêncio, na paz.

CHEIRO DE MAIO
Valquíria Carboniéri

Maio...
Mãe, aconchego, amor.

Friozinho gostoso,
Cobertor.

Leite quentinho,
Cheiro no pescoço,
Abraço grandão.

Cama bagunçada,
Cosquinha,
Cafofo no colchão.

SEGREDOS DO OUTONO
Valéria Nancí

Ouvi dizer que o tempo do ocaso
Sucede o verão
Em madura colheita
Vital transição

E que as folhas que caem,
Tal frutos ao chão,
São abrigos, refúgios,
Introspecção

Monet bronze-marrom
Meio amarelado
Que a tela avermelha
E reluz o dourado

Van Gogh em tom
De bosque pintado
Que em laranja acalenta
O castanho-azulado

Outono deslinda
O oculto carmim
Que a brisa amena
Cheirando a alecrim

Outono aclara
A cor do capim
Que o verde acinzenta
Por todo seu fim

PILAR
Vanderléa Cardoso

Mesmo que a sombra das coisas
Desapareça ao nosso redor
Que o frio, a secura
E os córregos das guerras
Mobilizem nossas lágrimas
No infinito adeus das tragédias
Que despertam nossa saudade

Rezo com tua memória
Em meu peito e julgo
Que os melhores poemas
Ou os poemas de amor
Feitos até aqui

É sobre essa coisa
Esse rasto na alma
Que tece o desejo
De um abraço sem
Imposições banais
Capaz de juntar
Todas as estações
E descansar as emoções
No colo dos teus cabelos

Quero reproduzir a paz
Daquela fotografia
De Saramago com Pilar
É amor e não omito
Este sentimento onírico
De reencontrar teus olhos
No outono da nossa velhice.

BAILANDO NA CHUVA
Vera Dittrich

Sob o adorno de sua sombrinha vermelha.
A Torre Eiffel ao fundo um convite.
Os violinos tocam suaves e despertam os enamorados.
Eles dançam, sentem seus corações baterem.
As folhas de outono caídas ao solo
com suas mais diversas cores enfeitam a paisagem.
Eles rodopiam, misturam-se com a natureza.
O vento alvoroça as madeixas de sua musa.
Vivem aquele momento com intensidade.
Ela, uma pluma em seus braços.
Os pingos da chuva batendo aos seus pés.
Refrescam aqueles corpos que ardem de prazer.
Uma paixão sem limites.
Bailar, rodopiar, entregar-se, aproveitar a doce
estação de outono que encanta e embeleza da vida.

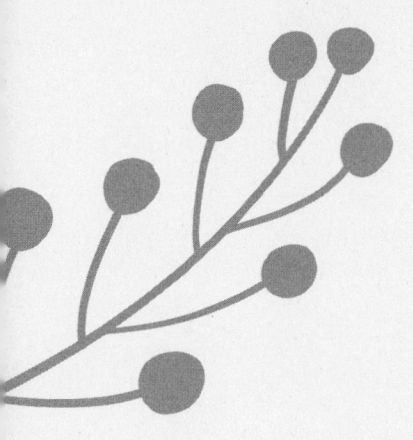

DESCONFORTO SAZONAL
Vina Cecília

tento sair do conforto das minhas cobertas;
choque térmico, calafrios.

me lembra quando aquela moça falou comigo
e me disse que amanhã
o frio iria aumentar.

mas que diferença faz? se não saio de casa
me abrigo me isolo me escondo
desde o início do outono
até o começo da primavera.

a verdade é que sou da luz,
do sol batendo no rosto
do jardim repleto de flores
e da chuva que acalenta.

o frio não me conforta
não há chá ou café
vinho ou conhaque
nem um abraço que me tire...

da sensação de vazio
que eu sinto quando o frio
me faz arrepiar.

mas tudo bem,
uma hora as flores vão voltar.

CHEGA O OUTONO
Viviane Lima

Renovacão da vida, inspiração, sonhos dormidos, paixão
Entre o verão e o inverno
valsa a melancolia
A face caída observa a beleza das folhas que revestem o chão
num tapete alaranjado

O toque suave dos pés no asfalto frio
num revés as árvores perdem suas vestes
Exibem envergonhadas suas frontes nuas e pálidas

É tempo de reflexão, pausa
Meia-estação
a brisa suave chega amenizando o verão que penetra nos poros
Uma luz mais branda acalma
As noites mais longas,
As manhãs são mais curtas e frias
Então a noite tranquila
embala nossos sonhos,
nos tranquiliza

DANÇA SERENA
Walter J. S. Coutinho

Folhas que vêm e vão,
Que farfalham no chão,
E pigmentam as ruas
Com a cor da estação.

Atmosfera amena e lírica
Âmbar que traz poesia,
De copas densas a vazias,
Que evocam renovação.

ÊXTASE
Walter Pantoja

É inebriante, marcante, intenso
Um voo longo e profundo no tempo
Viver o teu poético outono
No meu verão...
Deixando em minh'alma, em tua alma
Um gostoso aroma de terra molhada
E muitas folhas caídas...
Simplesmente caídas, secas no chão
Profundo outono!
Nada mais

LADO B
Wenddie

Aquelas coisas bonitas que perdemos
Reencontramos pelos caminhos:
O perfume das rosas
Persistindo ao frio
Os ipês,
contradizendo o outono,
Florescem!
É, Vida,
Some aqui
Reaparece acolá...

EU E O OUTONO
Zalba Dias

Já cantaram sobre o outono;
Escreveram, desenharam, declamaram;
Já representaram as frutas e as flores
Em muitos tipos e sabores
Acordaram ao canto do rouxinol
E por isso conhecidos, até reconhecidos
Como Van Gogh e seu Girassol
Nunca fui eu.

Muitos admiraram as árvores
Suas cores nas fotos, livros e quadros
Já suspiraram com a flor do cacto
Com o pistilo das flores e o perfume da terra
Observaram a beleza ainda nos vasos frios
Sempre fui eu.

Mas naquele maio fresquinho de outono
Sussurraram ao ver dois bem abraçadinhos
Com olhares enamorados no frescor da manhã
A paixão desses a quem entono
No clima agradável de outono
Éramos você e eu.